請允許一切發生。

Let it be, Let it go then let it heal.

想哭就哭吧,

你不需要

The

Kindness

那麼　懂事

That Knows

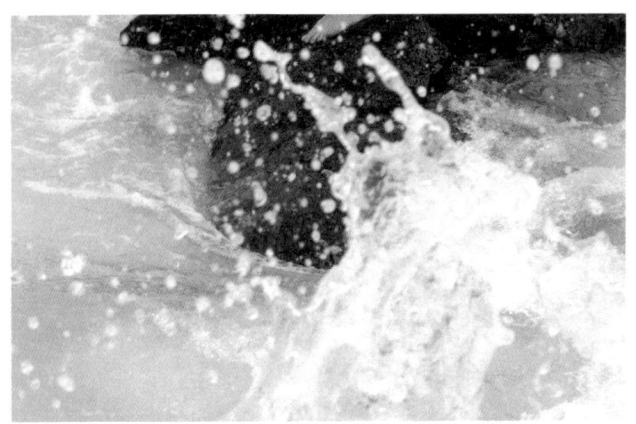

自序 Preface

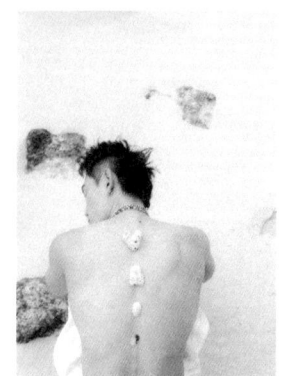

人生中有些地方,一旦踏上,就會永遠留在心裡。
這本書裡的小島,對我來說就是這樣的存在。

或許是為了尋找答案,或許只是為了逃避過去,我從來沒想過,這裡遇見的人、經歷的事,讓我開始重新審視自己的生命。

故事,是從很久很久以前的那個夏天開始的,那些人名、情節,或許在紙上變成了小說,但它們在我的人生中真真切切發生過。那些我曾以為可以並肩走到最後的遺憾,都深刻地烙印在我的記憶裡。

> 回想起來，這座小島並不是什麼奇蹟的地方。
> 它沒有答案，也無法抹平過去的傷口。

可它教會我去面對，去接納那些未完成的故事。或許，我們都曾經害怕過那些破碎的部分，但也正因為如此，才讓光有了滲透的縫隙。

我寫下這些故事，並不是為了告訴你一個人生指引。相反地，我希望這些篇章能像島上的那片海，讓你看到波光閃爍的美麗，同時也感受到深處暗潮洶湧的真實。這裡的每一個人都有屬於自己的傷痕與故事，那些愛與錯過、等待和釋然，每一段人生的交錯，全都編織成了這座小島的片刻光影。

幾個月前，我曾再次回到這座島，那時，我才真正明白——過去並不會因為我們的逃離而消失，它像影子一樣，隨著我們一路同行。我們所能做的，不是試圖擺脫，而是學會與它共處。那些我們曾經失去的、錯過的，甚至無法忘記的，最終都成為了我們的一部分。

這是我寫給自己，也寫給你的故事。如果你曾在某個人生的岔路口感到迷茫，或是你也試著與過去的自己和解，希望你能從中找到屬於自己的共鳴。

如果你也和我一樣，曾在成長的路上感到孤獨，但依然試圖尋找那一道微光。

願這座島，能為你帶來片刻的停泊與陪伴。

Peter Su

Contents

The Kindness That Knows

這世上總有一片天空能照耀你	12
沒有人告訴我	28
緩慢地活著，也緩慢地死去	50
旅伴	74
5050	102
公路旅行	128
是你	146
對話	168
愛的物理學	188

別人的感情，與你無關	16
一個夏天的永遠	36
孤獨的伊索拉	60
迷路的島	84
A	118
夜晚有煙火，也有告別	136
新年快樂	156
敬・人生	174
後來的我們	194

這 世上

　總有一片天空

　　能

　　　照　耀

　你

嘿,沮喪時就抬頭看看吧,這世上依然有美好事物令人期待著。

「值得嗎?」

「值得,因為我走過來了。」

我希望你能在世上無數個選擇之中,選擇相信自己。

Among all the choices in the world,
I hope you always choose to have faith in yourself.

別人的感情，與你無關

這段路，就陪他走到這裡了。

最終，他們的感情，與你無關。

This is where we draw the line.

「別人的感情事,別隨意插手,即使你們的關係再好也不例外。」
這是我花了幾年,才明白的道理。
在他們關係不好的那段日子,你可能是拯救這場戰役的英雄;當有天,他們的問題緩和了,兩人再度重修舊好,而你卻成了破壞這段關係的始作俑者。

我和小美的故事,就是最好的例子。

小美,是我認識二十多年的好友,從學生時代到進入職場,我幾乎知道她一切煩惱,尤其是感情上的糾結。每當她和男友起爭執時,總會跑來找我傾訴,我聽過她無數次的抱怨,也聽過他們永無止境地爭執著相同的問題。那時候,我總是耐心地聽,再給予真心的建議,我不是一昧地跟著她一鼻孔出氣,我會試圖用旁觀者的角度,在她的感情生活中充當專屬的諮詢師。

「如果你只是不斷被這段感情傷害,那就離開他吧!」這句話我不知重複了多少遍,彷彿只要說得夠多,夠有力,就能讓她意識到這段關係的不堪。叫事實是,每當小美信誓旦旦地說要離開,卻總在最後一刻退

縮，選擇回到男友身邊。這樣反反覆覆的結果，我漸漸感到無力，像是一場惡性循環，消磨著我們之間的友情。有一段時間，我甚至開始質疑自己：「我是真的理解小美嗎？」還是，我也只是掉入了自己道德制高點的陷阱，試圖透過干涉別人的生活，來證明自己對於愛情的果斷與理智？

時間久了，我發現自己不再熱衷於她的感情問題，甚至有些排斥，我們依然是最要好的朋友，只是對於她的感情問題。我開始感到厭倦。每一次見面，我們總會展現一種成人世界裡才有的默契——你不說，我也不問。就這樣巧妙地避開無數次那些關於感情的話題，但人的眼睛是不會說謊的，小美的眼神裡，總是充滿著不安與悲傷，好幾次我心軟想關心她時，只能在心裡告訴自己，不要再插手她的感情生活，每個人都有自己選擇的路要走，而且只能一個人走完。

我們之間的話題越來越少，彼此的生活也逐漸失去了交集。直到有一天，在一場朋友聚會上，我無意間聽到了小美的男友疑似有暴力傾向，這句話像顆炸彈似地在我腦中炸開，所有過去壓抑的情緒，在那一刻徹底崩塌。我驚覺，事情已經不再是單純的感情問題，而是涉及到更嚴重

的暴力傷害，如果我繼續選擇沉默，後果可能會比我想像得還要糟糕。那一個晚上，我幾乎失眠，腦中不斷沙盤推演和小美談話的情景，試圖找到最恰當的方式和她溝通，但最後，我還是帶著滿腔的憤怒和她見面。我不再像以往那樣溫柔，我看著她，深吸了一口氣，認真地對她說：「小美，這次妳真的必須離開。」我知道這一次，我將我們之間的友情放在了賭桌上，但這是我唯一的選擇。

終於，她下定決心分手，這一次看起來是認真的。當她告訴我這個消息時，我應該感到欣慰，對吧？畢竟，這一路看著她不斷地在這段關係中掙扎，我比誰都希望她能早日結束這段感情。可那天，當我聽到她親口說出來時，我卻沒有過多的反應，只是默默地陪在她身邊，因為我知道，這段關係的結束，對她來說並不容易。

我知道小美需要一些時間療傷，為了幫她轉移注意力，我邀請了幾個熟悉的朋友一起旅行，我們去了台東的海邊，一個陽光明媚的地方。同行的朋友中，有一位里歐，是個真誠的男生，他單身，身邊不乏追求者，對於感情抱著順其自然的態度。在這次旅行中，小美和甲歐的相處氣氛意外地融洽，像是一場精心安排的命中相遇，兩人之間的化學反應那麼

自然，我們幾個朋友偶爾會調侃他們，暗示這可能會是一個新的開始。幾個月後，他們的關係開始變得親近，一切似乎都朝著好的方向發展，那段時間，看著小美臉上久違的笑容，連我自己也差點相信，或許小美這次終於能逃脫那個無盡的輪迴，找到屬於自己的幸福。

然而，故事總是沒有那麼容易結束。小美的前任突然傳給我一連串的訊息，內容充滿了謾罵與指責。他說我就是破壞他們關係的罪魁禍首，甚至指責我刻意介紹里歐給小美，才導致現在的局面。我看著那些訊息，心裡說不出是憤怒還是無奈，有些事，解釋再多也沒有意義。

「可是你們已經分手了。」我只簡單回了一句，並試圖讓自己保持冷靜。

小美的前任並不接受這個說法，堅持認為，他們只是短暫的分開，並沒有真正的結束。訊息接二連三地湧進，我感到無法理解的同時也深感無力。

最後，我撥通了小美的電話。「是的，我們復合了。」電話那頭的聲音比我想像中的冷靜，甚至沒有一絲愧疚。她坦承確實和前任復合了，也

已經和里歐說清楚，他們不適合在一起。我聽完她的話，心裡感到一陣無力，像是故事再次被拉回原點，那一刻，我才意識到，從頭到尾，我不過是一個沒有被剪進畫面裡的臨時演員，參與了一場感情鬧劇。

「我尊重妳的選擇。」我停頓了一下，試著平復自己的心情。「但以後，妳感情的事就別再和我說了。」這是我最後一次的宣告。我並不是在生氣，也不想責怪她，我只是終於明白，有些事情是我無法也不該觸及的。兩個人的關係好壞，終究是她的人生、她的選擇，誰都一樣。

我把該說的都說完後，幾乎也結束了過去這二十多年的關係，但那並不是斷崖式的死亡，而是以一種緩慢且撕裂的姿態持續掙扎，直到最後在某個沒有具體的時刻靜止，而最先被遺忘的那個，才是真正的死去。

從那天開始，我們的聯絡變得越來越少，依然會在聚會上見面，但必須在某種隱晦的情境下，避免讓她的男友知道我的存在。這讓我感到諷刺，彷彿在這場鬧劇裡，我被迫成為那個應該躲在幕後的角色，當然，這件事是我後來才知道的，否則我可能會選擇不出現，但並不是為了保有我的尊嚴，而是基於這二十年的感情，不想讓她難做人。

可笑吧？明明不是我的問題，卻還在這段關係之中選擇保護這份多年的友誼。

曾經，這段關係多麼深厚，如今卻成了某種難以言說的負擔。我漸漸發現，我們的關係並不是在某個具體的時刻結束，而是在一次次的選擇與沉默之中，緩慢且無聲地逝去。友情的墓碑上刻著的是年少輕狂的我們，只是這次我無法在這場葬禮上，有說有笑地談起過往。

相信友情的人很多，包括我也是，但選擇愛情的人也不在少數，這沒有對錯，或許，我們只是選擇了自己能承受的生活。所以現在的我總是告訴自己，當個完美的傾聽者，在他需要的時候，你陪在他身邊聽他抱怨訴苦。因為無論那段感情是什麼樣的關係，都是自己的選擇。這段路，就陪他走到這裡了。

最終，他們的感情，與你無關。

我沒有忘記你,只是不再想念了。

I still remember you, though I no longer miss you.

如果說萬物稍縱即逝,那失去和思念是無限漫長的。

和你在一起後再分開，
人生從此分成了兩個時區。

沒有 人

告訴　我

什麼是長大？

有人說，是經驗的累積
有人說，是枕邊的頭髮
有人說，是離家的窗景

但是為什麼沒有人告訴我
長大，是一段學會和自己妥協的過程

人生是一場漫長且後知後覺的旅程。

Life is a long journey that we realize afterwards.

長大後的心理狀態,一半是理解,另一半是算了。

最難過的不是冷戰,而是明明很在意,還要裝作一副不在乎。

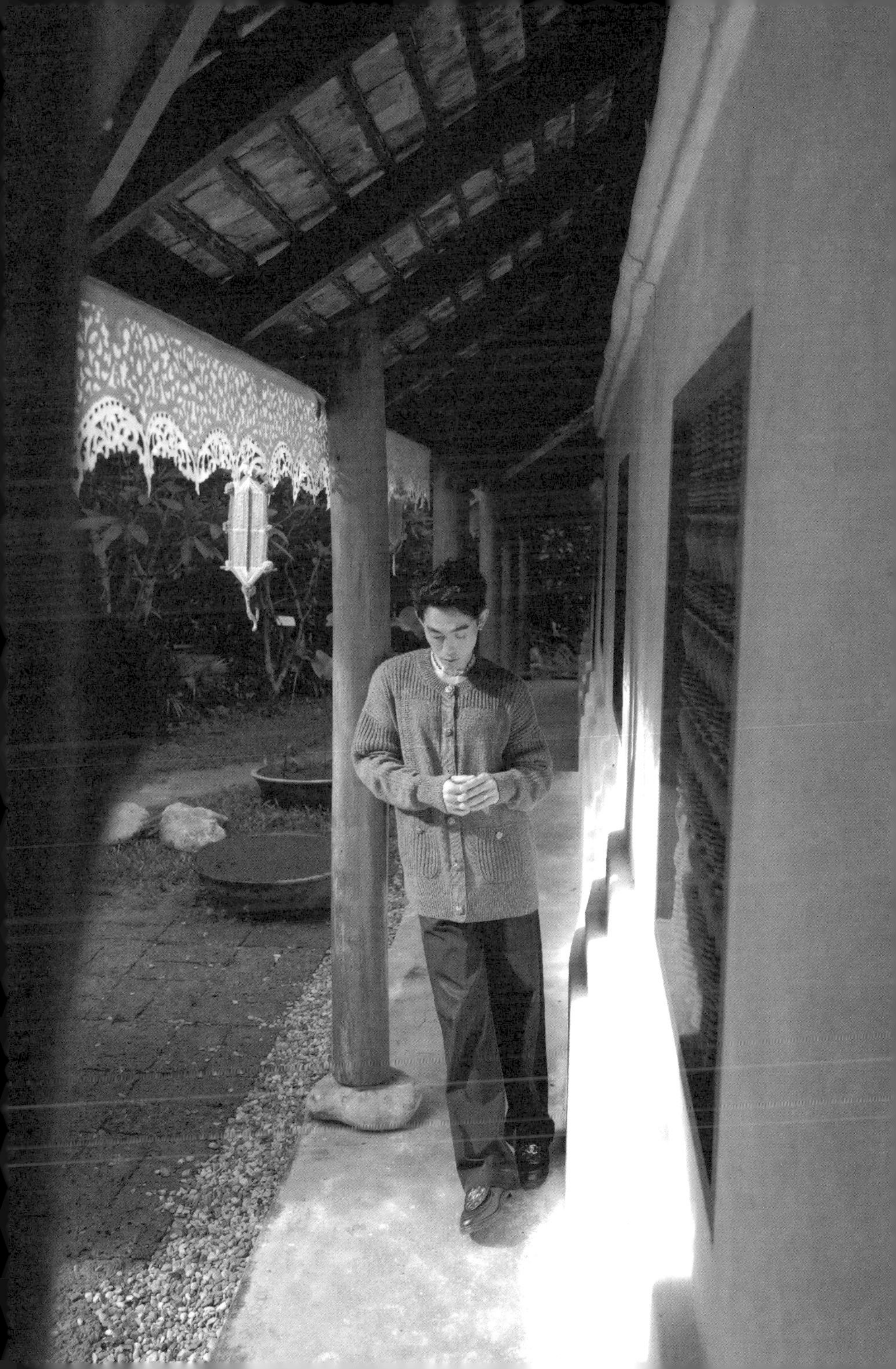

一個夏天的永遠

世上真的有那麼一座島,

也有那麼一個人,

在那個夏天,

我們曾約定了一個　　永遠。

A forever in that summer.

大學畢業後的那年，小美邀我去一個她口中的「淨土」——泰國的一座小島。我們兩個人從曼谷坐了十幾個小時的夜間巴士，再換乘渡船，經過漫長的旅途，終於抵達這座遠離現實的小島。小美站在碼頭上，深吸了一口海風，她說：「你這輩子一定要來一次，這裡是泰國最後的淨土。」

這座島的遊客大多是來自世界各地的背包客，他們皮膚曬得黝黑，身上刻著各種語言的刺青，有人慵懶地躺在沙灘上曬日光浴、有人翻著書、有人捧著啤酒，也有人相互偎著。戀人、朋友，甚至是陌生人，談笑之間是如此地自然與親近。彷彿時間在這座島上並不重要，昨天已被遺忘，尚未來到的也無須煩惱，這裡的一切就像沙灘上那面飄揚的旗幡標語——「YOLO（You Only Live Once）」享受此刻，活在當下。

每個人都赤腳走在這座小島唯一的大街上，此時穿著一雙全新運動涼鞋的我，顯得有些突兀，像個還來不及跟上節奏的外來者。

「怎麼樣？酷吧！」小美看到我四處張望的樣子，忍不住笑了出來。「這裡很自由，沒有人會對你評頭論足，也沒人會追問你曾經做過什麼。在

這裡，你可以把那些束縛自己的框架拆掉，好好地做自己。」她搭著我的肩膀，眼神裡充滿著一種驕傲，像是邀請我走入她的祕密基地。

這次的旅行算是給自己一個短暫的喘息。在準備踏入社會之際，現實的壓力和未來的不確定性，確實像是個無形的枷鎖，小美提醒我，以後人心險惡，當你沮喪灰心時，一定要記得，這世上還有這麼一座小島存在，你可以隨時回來這裡，重新開始。

那時的我並沒有完全理解她的意思，但看著她輕鬆自在的模樣，總覺得內心的某處像是被觸動似的。或許，小美早就懂得了這座小島的祕密，而我，才剛開始走進它的故事。

為期十天的旅程，我和小美幾乎走遍了島上的每一個角落。白天，我們爬過幾條人跡罕至的叢林小徑，跟著島上的孩子穿越茂密的熱帶樹林，抵達隱密的瀑布；夜晚，我們在沙灘上升起營火，聽著樂隊的現場演奏與海浪的完美合聲，我們在星空下聊著彼此的夢想，刻畫對人生的想像。

有天接近日落的傍晚，我們沿著地圖上的指示來到了島的最西邊，據當地島民說，這裡有一片被稱為「夢幻沙灘」的祕境，是由數以萬計的珊瑚碎片，經過長時間的沖刷而形成星砂鋪成的白色沙灘。但要到那裡並不容易，沿途是由巨石堆砌而成的陡峭懸崖，我們兩個人一前一後，爬得極為謹慎，像是在完成一場成年禮的儀式。

最終，我們到達了那座祕境沙灘，眼前白色的星砂在夕陽餘暉下閃耀著微光，像是遺落在島嶼上的一片銀河。有那麼一刻，世界彷彿只剩下我和小美兩個人，時間暫時靜止了，海浪聲是無限循環的背景音，包容著年少無知的我們。

我們並肩坐在沙灘上，凝望著逐漸消失在地平線的夕陽。不知沉默了多久，小美突然轉過頭，認真地對著我說：「如果有天老了，我們還要像這樣，找個地方坐下來看夕陽。」

「當然啊，如果有天妳老了，沒有人要娶妳，我還要負責耶！」我半開玩笑地回應小美，這是我們從高中就掛在嘴邊的承諾，雖然玩笑的成分居多，可這麼多年來，它也成了我們彼此的默契。我心裡知道，如果那天

真的到來，我願意陪在她的身邊，以生命中最重要的那個人的姿態守護著她。

金色夕陽照在小美的側臉，她笑了笑，沉默片刻後，忽然問道：「欸，你想刺青嗎？」
「刺青？」我愣了一下，還沒反應過來她想說什麼。

小美接著說：「我們把對方的生日刺在靠近心臟的肋骨上，以此紀念我們的友誼。」

我望著小美的眼神是如此認真，她將右手舉了起來，指著自己右半邊的肋骨說道：「這裡。」我跟著舉起了左手，指著肋骨上靠近心臟的那個位置，我們的手臂交疊，肋骨緊靠在了一起，感覺到彼此的心跳成了相同的律動。真的有那麼一瞬間，「永恆」是一種可以被感知的存在，它是金黃色的光、是帶著鹹味的海風、是沒有猜忌的青春歲月、是小美臉上那個讓人難以忘懷的笑容。

我們望著彼此愚蠢的動作，忍不住笑了出來。記憶裡，夕陽在遠處緩緩

地下沉,天空被染成了一片夢幻的粉紫色,沙灘上的兩個人,笑得那麼純粹。

後來,我們並沒有完成刺青,但這段回憶,早已深深烙印在彼此的肋骨上。即便多年後,我們的生活逐漸疏遠,肋骨上的這個隱形刺青依然提醒著我,世上真的有那麼一座島,也有那麼一個人,在那個夏天,我們曾約定了一個永遠。

I hope you find someone who actually deserves you.

會有一個人帶著相同的溫柔為你而來。

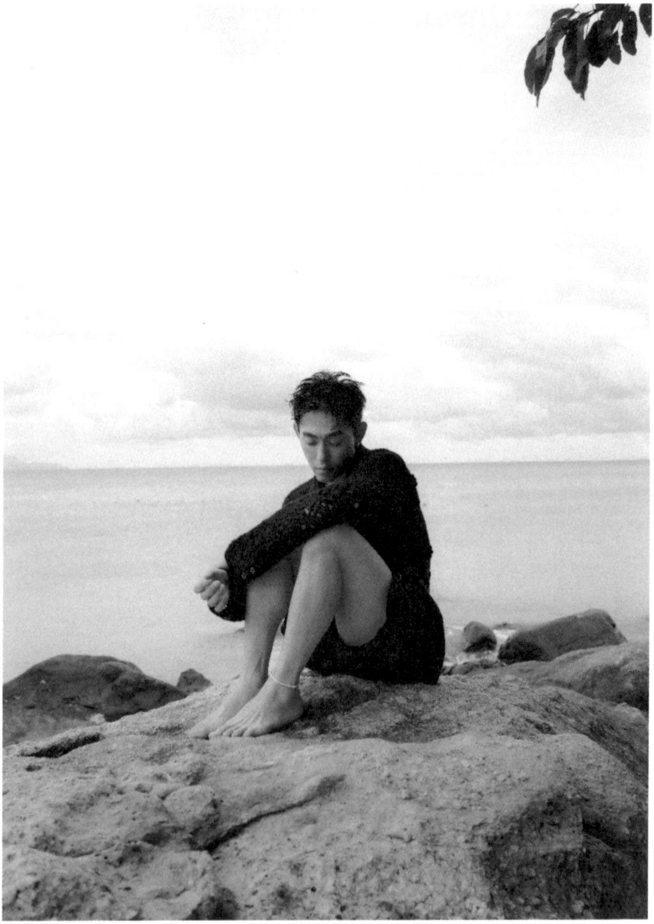

允許一切的發生,
是允許自己有失敗的時候,允許事情也有搞砸的時候,
允許自己的不完美,允許它成為人生中的一段體驗。

因為你並不是生來演繹完美的。

我對愛有許多種理解，
最公平的，是允許萬物皆以它的方式存在。

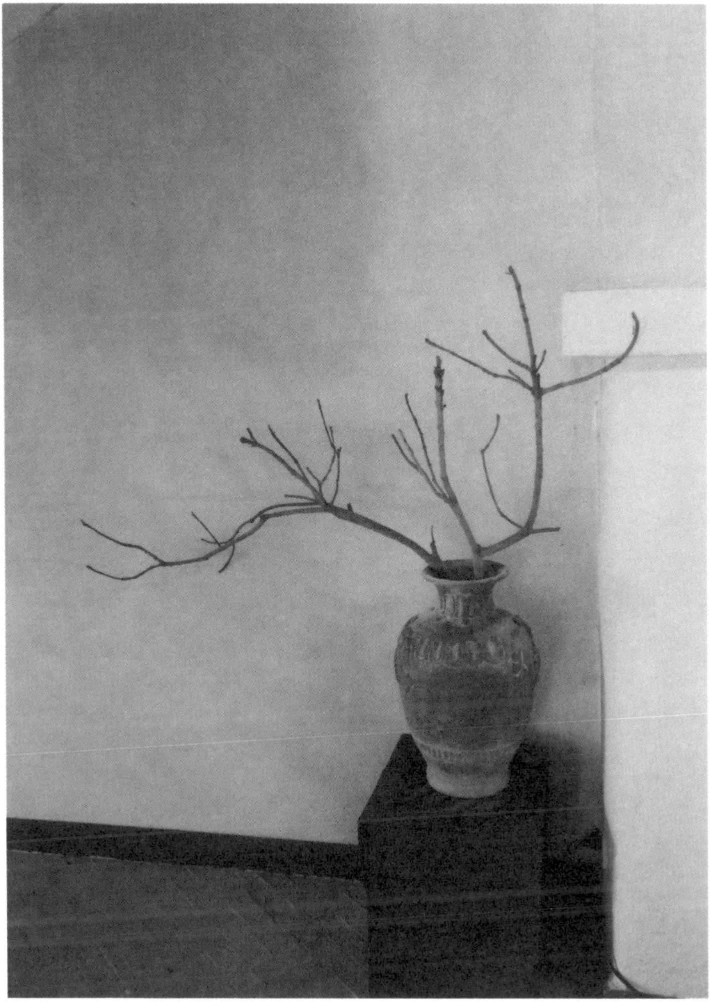

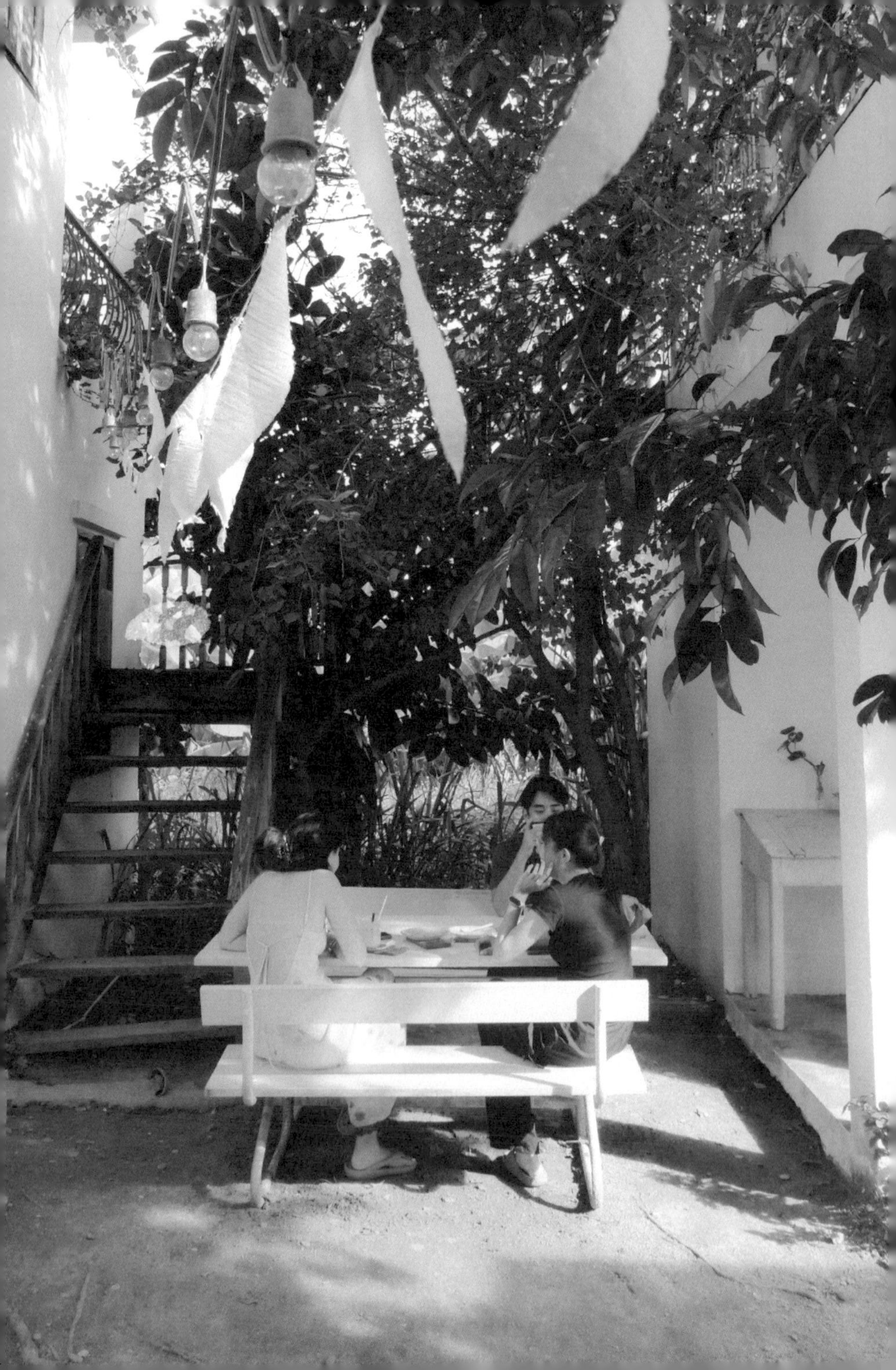

有一種友誼是這樣,也許隨著生活圈的改變,
無法像從前一樣隨約隨到,但只要見到面,
那種相處的安心感依舊是別人無法取代的。
或許無法再像從前那樣膩在一起,但你知道彼此的感情依舊在,
謝謝身邊那些如家人般存在的朋友,
總是讓人那麼安心地好好展現自己。

致,如家人般的友誼。

緩慢地　活著，
　　　　也緩慢地　死去

你問我為什麼選擇待在這座城市。老實說，我也不知道。不是我選擇了它，倒像是它選擇了我。一切都是那麼的自然，也許答案並不重要，重要的是我已經在這裡。每天，我穿過那些老舊街道，老人們坐在自家門口，緩慢地抽著煙；貓蜷縮在牆邊，睜著半闔的雙眼，似乎對周遭的一切無動於衷；吹動樹葉的風也顯得猶豫不決，落葉也只不過是其中一個選項。

這些緩慢似乎不只是一種速度，而是一種對時間的抗拒，但同時又深知自己最終無法逃避。

我不確定自己是什麼時候開始慢下來的。或許是某個下午，當我發現自己在街角停留的時間比往常更長；或者是在某個夜晚，我感覺呼吸變得悠緩而沉重，就好像我無法再急促地活下去。我開始慢慢地走、慢慢地思考，當不再急於尋找目的地時，反而會開始注意周圍的景色，感覺到自己在慢慢地活，最終，慢慢地死去。可奇怪的是，我並不感到焦慮；相反的，我在這樣緩慢的節奏裡，逐漸分離出一種平靜的情緒，也許這並不是一種錯覺，而是對於生命本質的認知。那些慢下來的過程，並不是失去方向，而是學會如何與時間共存，甚至如何與自己共處。

有時候，活著就像是一杯冰鎮的啤酒，泡沫上升至表面，最終會消失殆盡。但那個過程呢？在泡沫消失之前，它們是怎樣的？這些問題似乎沒有什麼意義，但又充斥在我的腦海裡，和這座城市一樣。

若是如此，我們慢慢地活，或許只是為了慢慢地死去。

期許接下來的日子，
你能自在地表達感受，
還能為細微小事而感動。

一個人的生活不慌不忙，
決定愛的人是心之所向。

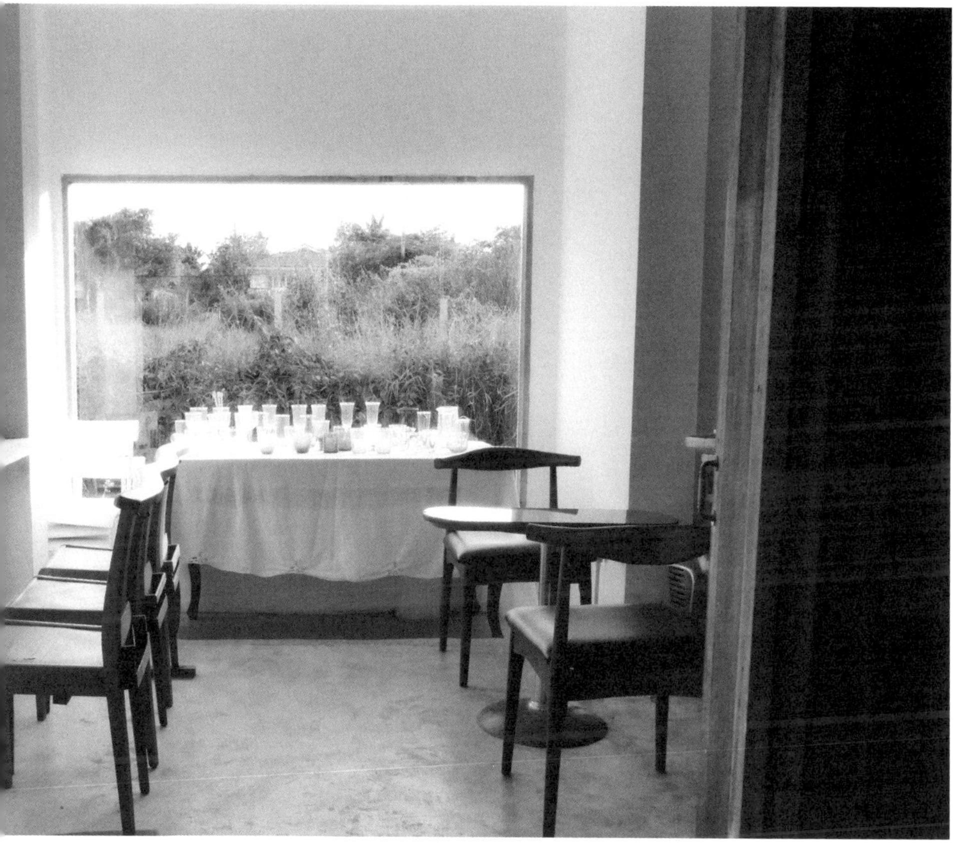

獨處,是一生的課題,也是一段漫長而緩慢的旅程。
學習和自己的情緒相處,慢慢地將內心感受調整為第一順位,
篩選出真正喜愛的事物,剔除那些讓人內耗的負擔,
當你能在情緒上自給自足,便能真正的自信起來。

過程或許艱難,但請記得──
每一個降臨的夜幕,都在靜候另一個美好的清晨到來。
你就是黑暗中的那道光。

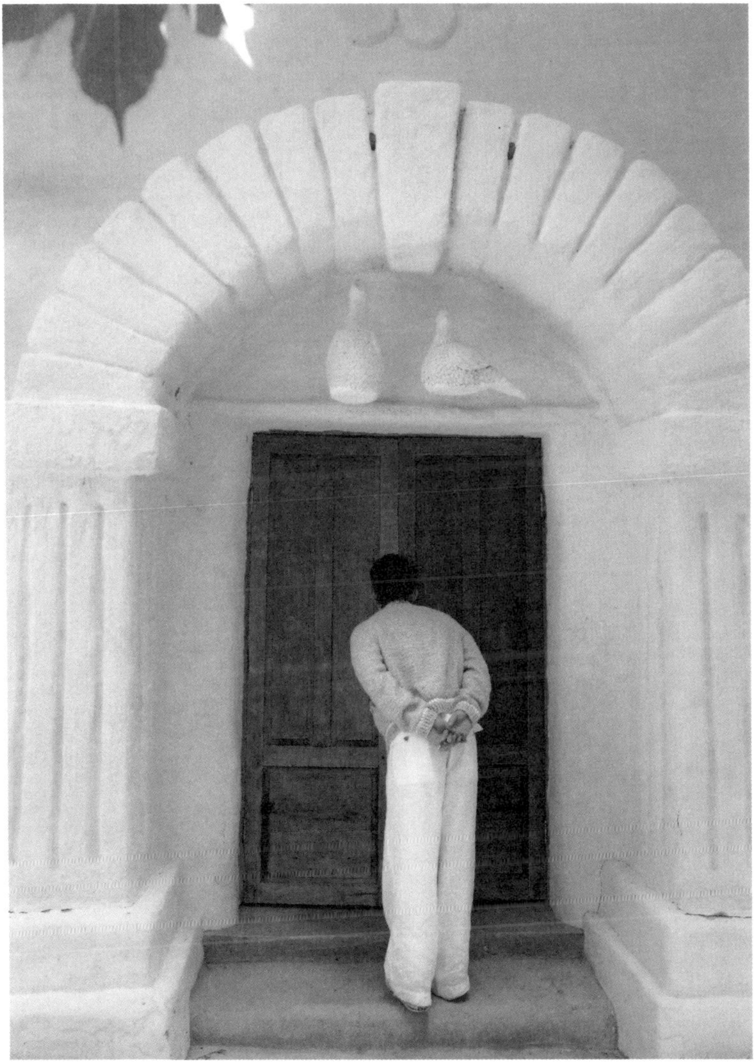

Go on a journey to find yourself. See the world,
embrace its beauty, and discover life's most meaningful adventures.
I know you have the strength to find peace, no matter where life takes you.

去遠行吧,去尋找自己,去看看世界,去擁抱每一個美好。
出發,永遠是最有意義的選擇,無論今後將去向何方,
我相信,你已經擁有安放好自己的能力。

我是這麼告訴自己,不急於一時的逞強,
也不在任何人面前證明自己。

把眼前的日子過好,就是最了不起的事了。

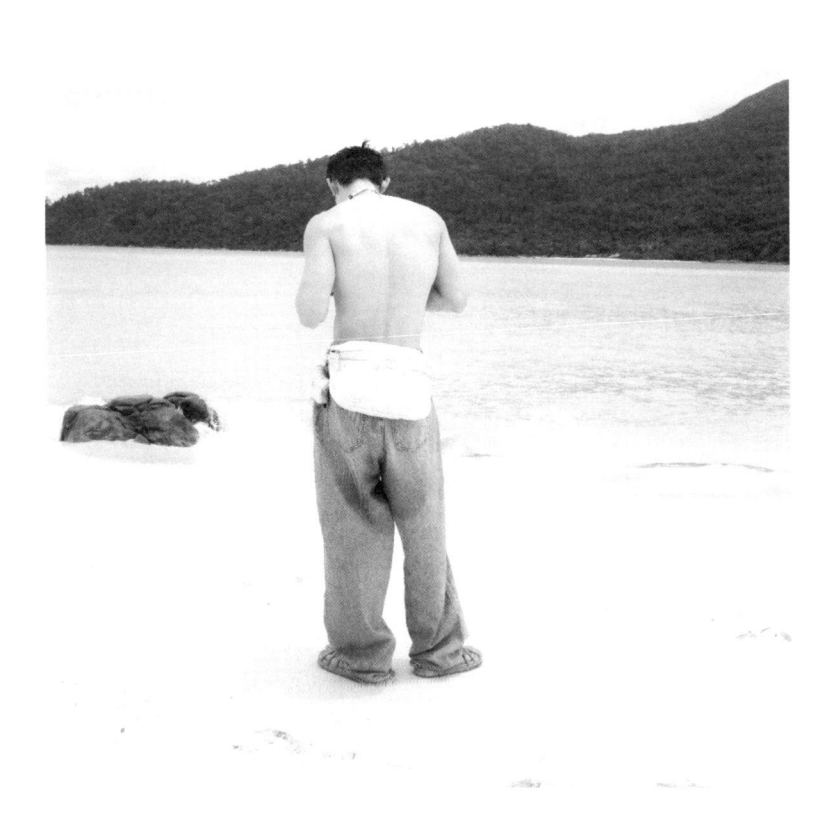

孤獨的伊索拉

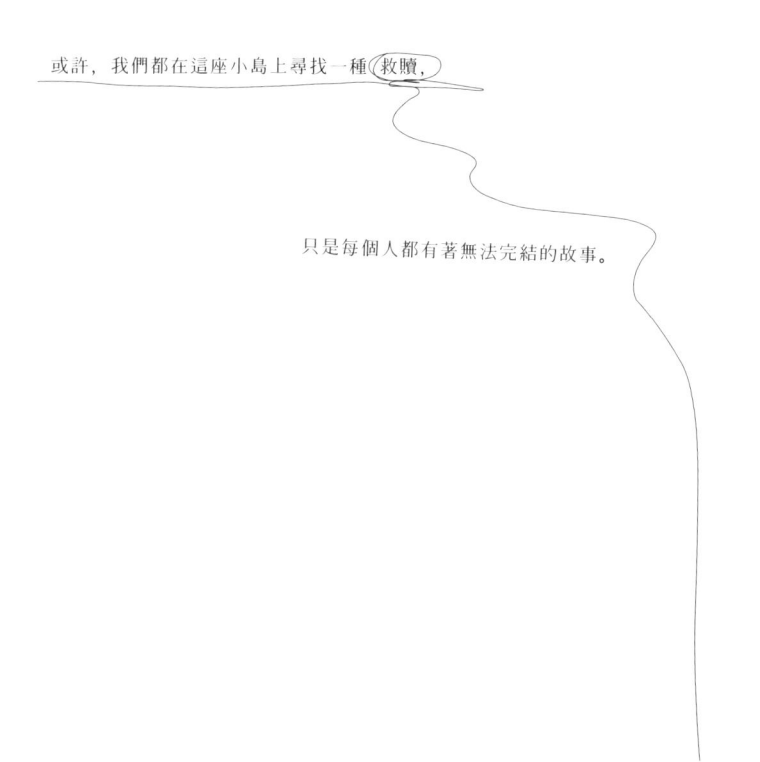

或許，我們都在這座小島上尋找一種救贖，

只是每個人都有著無法完結的故事。

The lonely Isola.

距離小美和我的友誼出現變化,已經快一年了。在這一年裡,我反覆咀嚼著這段關係產生裂痕的種種原因,卻始終找不到能讓自己平靜的答案。聖誕節前夕,我獨自背上大背包,決定給自己一場說走就走的旅行。這並非一時衝動,而是心裡那股壓抑已久的聲音,終於促使我離開現場,換個地方釐清這些情緒。

失去朋友的那種痛,並不比愛情裡的分離來得容易。它會在心底緩慢地噬咬著,像一場無聲式的墜落,直到最深的那個黑暗,那種孤獨的感受,會將人隔絕在這世界之外。

我再次踏上泰國的這座小島,心情其實有些複雜。一方面,我希望自己能在這裡拾起生活中散落的碎片;另一方面,我也想看看是否真如老友阿川曾在明信片中所寫的那樣——這座島有著能救贖人心的力量。

雖然我始終半信半疑,但此時,我卻隱約希望這裡真的有他說的那股力量,或許,我也能在這裡找到答案。

在小島生活的日子裡,我幾乎每天都會來到一間咖啡廳,名叫「房間裡

跳舞的大象」（Elephant Dancing in the Room），它位於日落海灘旁，是島上觀看夕陽的最佳地點。第一次來時，我只是靜靜地坐在角落，觀察著來往的人群。他們大多熟悉彼此，像老朋友般那樣隨意打著招呼，露出親切的笑容。第一天，我和島上的人沒有太多的交談。我的沉默，和這裡總是自由熱情的人們，形成了一種強烈的對比。

到了晚上，大象咖啡廳的燈光逐漸轉暗，變成了一間酒吧，老闆和一位旅居小島的英國女生會拿起吉他表演，他們總是唱著那些朗朗上口的經典老歌。客人隨著副歌一起齊聲哼唱，幾個年輕人站了起來，在桌邊隨著音樂起舞，這小小的空間，像是一個與世隔絕的新世界。無論你來自哪裡，帶著什麼樣的故事，大家不約而同地放下成見，在這裡，每個人都擁有被包容的權利，能夠以真實的模樣生活著。

幾天後，我漸漸熟悉這裡的生活，也認識了大象咖啡廳的店員──Jae。有一天，他問我是否有興趣跟他和幾位朋友去對面的無人島爬山，他說，那裡能夠看到這座小島的全貌。

「明天怎麼樣？」我幾乎沒有猶豫就答應了他的邀請，這個突如其來的

行程,似乎也喚醒了我內心久違的冒險精神。

隔天清晨,我們在碼頭會合。同行的還有一位義大利女生,名叫伊索拉(Isola)。她有一頭蓬鬆的棕色長捲髮,在陽光下閃著微光,深邃的眼睛帶著一點距離感,很難讓人不多注視她一眼。我曾在大象咖啡廳見過她,常常有男人和她搭訕,但她都只是冷冷地淺笑回應。偶爾,她會獨自坐在吧台邊喝著啤酒,在喧鬧的歡笑聲中,她的孤獨顯得格外明顯,卻又如此地讓人著迷。

我們搭乘小船抵達無人島後,徒步穿越叢林。路上,Jae 和伊索拉聊著各自的故事,Jae 說著島上的趣事,逗得大家笑聲不斷,而伊索拉則分享她是如何偶然地來到這裡。她的聲音時而輕柔,時而帶著讓人摸不透的情緒。

「這座島有什麼特別的嗎?」我忍不住問。

伊索拉笑了笑說:「這裡很安靜,也沒人會問起你的過去。這樣的地方,給人一種⋯⋯自由的錯覺。」她的語氣聽起來隨意,卻有種說不出的惆

悵。停頓了一下，像自言自語般接續著說：「我很享受這種孤獨。」

我沒有追問，只是靜靜地跟著他們繼續前行。她的話卻在我心裡不斷盤旋，讓我開始好奇她的故事。

登上山頂後，伊索拉聊起了她在歐洲旅行的過往。在西班牙的一個小鎮，她曾經遇見一個讓她心動的人。那時，她坐在一間街邊的酒吧，靜靜聽著吉他的演奏，對方走了過來，坐在她的另一頭。她說，他們的眼神短暫相遇，那是種含蓄而有默契的對視，充滿了曖昧的期待。

「那段日子，是我最快樂的時光。」她微笑著說，像在回憶什麼。「我們一起看星星、探險小鎮的祕境，聊了很多關於人生的事情。那時候，我以為自己真的可以融入另一個人的世界。」但她說，隨著時間過去，發現自己對他的依賴越來越深，而這感覺讓她開始感到不安。習慣漂泊的她，早已學會在距離中尋求安全感，而當這份距離被打破時，心裡的平衡也開始動搖。無論她多麼努力，那份孤獨始終如影隨形。

我望著眼前的伊索拉，一個矛盾又孤獨的人。但她的孤獨並不是因為沒

有人陪伴，而是一種對關係的防備。我開始理解她眼神裡的那道距離感，像是在提醒自己——不要陷得太深，因為一旦交付了真心，也會暴露自己的脆弱。

「我知道如果繼續留下來，結果還是會一樣。」她輕笑了一聲，語氣裡帶著些自嘲。「所以我選擇離開，沒有告別，也沒有解釋。」她語調平靜，像在訴說一件很平常的小事。

但我開始理解，她之所以選擇停泊在這座小島上，也許是因為這裡的遙遠和隱蔽，讓她得以躲進一種感到安全的孤獨中。對伊索拉來說，感情或許只是一場無止境的循環，她渴望著被人理解，卻又害怕這種理解會帶來傷害。這份孤獨是如此的真切，帶著一種深沉的渴望又難以掩飾的抗拒。

或許，我們都在這座小島上尋找一種救贖，只是每個人都有著無法完結的故事。

回到島上後，大象咖啡廳成了我每天都會去的地方。有時我會從午後待

到深夜打烊。不知道從什麼時候開始，我發現自己不再只是獨自坐在角落，取而代之的是，我開始坐在吧台邊喝著啤酒，和來來往往的客人聊著島上的大小趣事；我習慣脫下鞋子，赤腳走在這裡的每個角落，甚至在店裡忙不過來時，主動幫忙招呼客人。

夜裡，當老歌響起，老闆偶爾邀我上台一起表演，隨著旋律，我唱出那些藏在記憶裡的舊故事。漸漸地，我發現自己不再頻繁地檢視內心的傷痛。我的生活開始有了新的樣子，即使帶著傷痕，也不再只是故事的旁觀者，而是用自己的方式，好好地活在故事裡。

分手是兩個人的事，

　　　　難過，只剩一個人的事。

先說愛的
那個人
已經走了,

慢熟的人，
才剛
炙熱起來。

內耗,是從不懂得拒絕,
不知該如何劃清自我情緒界限開始的。

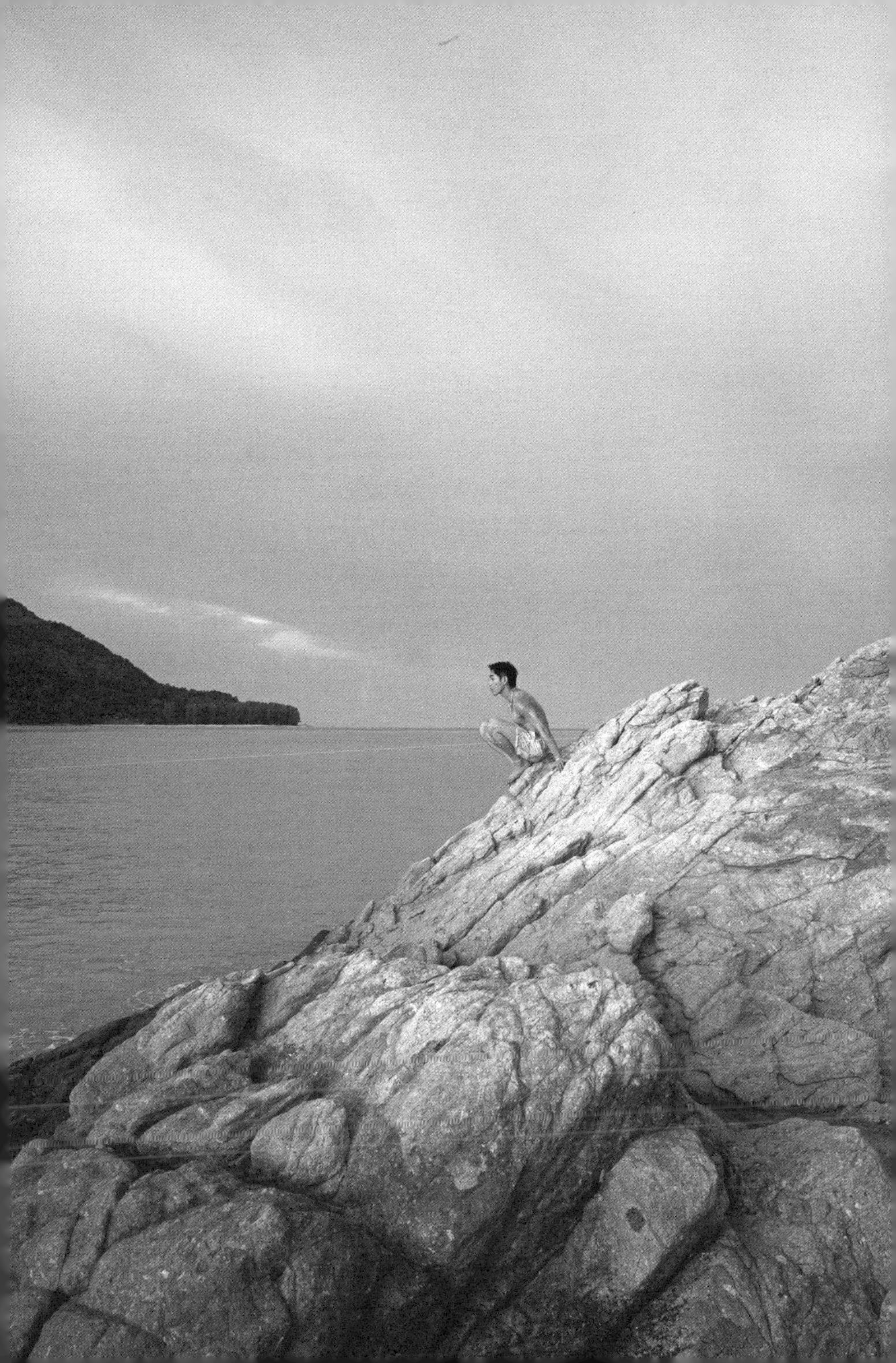

Note to myself:
Secure your own
oxygen mask first,

You're the priority.

飛機上的廣播總是重複———
「當飛機發生意外時,如需幫助他人,請先戴好自己的氧氣面罩。」

自救才能救人。

旅 伴

對我來說,最好的關係,
是我們朝著同樣的方向前行,卻不束縛彼此。
你可以是你,我也可以是我。
就像是一場浪漫的午夜漫步,享受路上的自由自在。
這不是一段複製貼上的旅程,因為那樣的旅程有終點,
而我只在乎一路上有你。
我想,這就是我能給你最好的一切。

致生命中那個獨一無二的旅伴。

Everything happens for a reason. We can make the best of whatever happens.

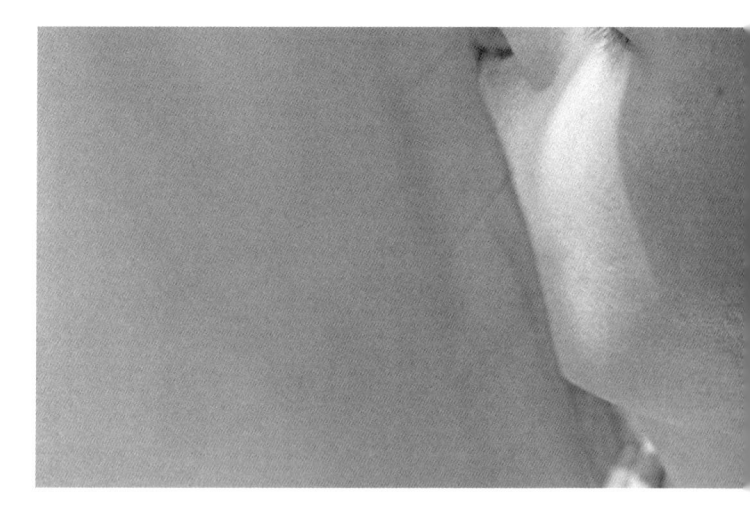

一切都是最好的安排。

漫長又笨拙的成長路上有你，難過的、開心的，都將全力以赴。
生命中能有你的陪伴，真的是一件很幸福的事。

獻給所有笨拙活著的人們。

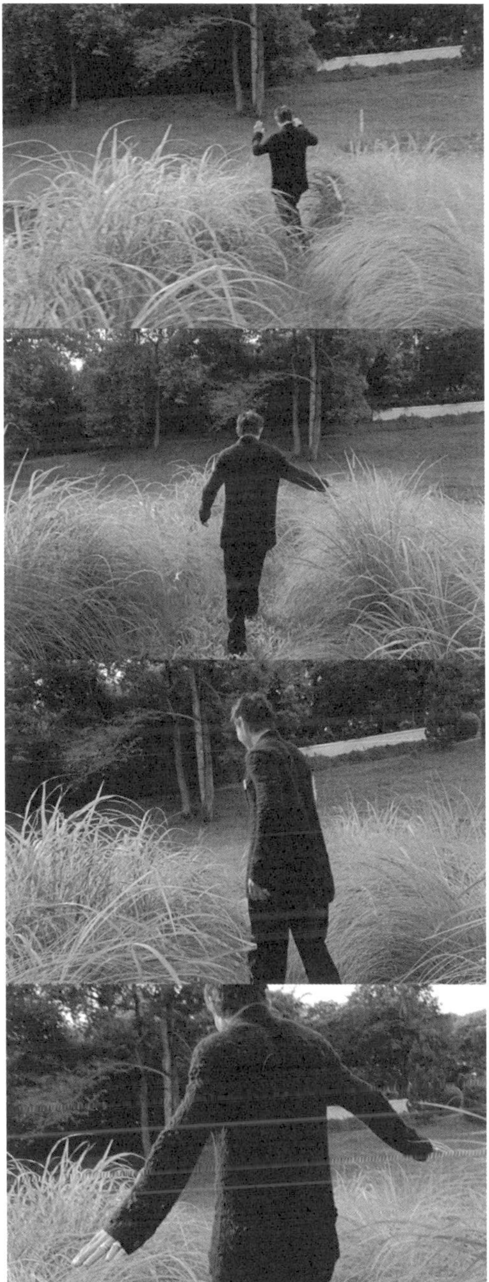

有一種
被愛的感受，
是他們總會
接住你，

一千次，
一萬次。

You are not lost. You are right here, right now.

你所處的每一個位置都在通往結果的軌跡上，
不要擔心，你並不曾失去方向，只是還在路上。

迷路的島

這裡的每個人似乎都在尋找一些東西，

可能是答案， 也可能是救贖，

而在尋找的同時，

我們是否也在逃避著什麼？

The island of us.

突如其來的意外

我住在島的另一側,每次去大象咖啡廳都要步行四十分鐘。那天我實在是走不動了,就叫了一輛嘟嘟車,小車子沿著蜿蜒的山路呼嘯而過,耳邊的風聲和突如其來的下坡讓我有些恍神。突然,我看到路邊一個金髮的外國男生朝著車子揮手,似乎是想要攔下車,我回頭看了一眼,他扶著右腿一瘸一拐地走著,臉上的神情疲憊,於是我趕緊請司機調頭。

車子在他身邊停下來時,他臉色蒼白,呼吸有點急促,但還是勉強擠出一絲微笑,他說自己早上晨跑時不小心扭傷了腳。我低頭一看,他腫脹的腳踝看起來有點嚴重,這裡距離大街上的醫院還有很長一段路,如果讓他自己撐著,情況恐怕會更糟。

「上車吧,先去醫院檢查一下。」我對他說。他點了點頭,眼裡滿是感激。路上,我們簡單聊了幾句,他說他是和太太一起來度蜜月,而且才剛到第二天,沒想到就出了意外。

到了醫院,我陪他掛號,醫生檢查了他的腳後診斷是嚴重的扭傷。但因

為島上的醫院設備有限，無法提供更專業的治療，醫生建議他坐船回到本島上的醫院檢查，以免傷勢惡化。他聽完後，皺著眉頭看了看自己的腳踝，露出無奈的神情。

「我真的太不小心了⋯⋯」他低聲說。
「放心吧，只是個小意外，一切都會好起來的。」雖然我並不認識他，但還是試圖給予一些安慰。

當天傍晚，我在大象咖啡廳幫忙招呼客人。門外出現一對外國夫妻，正低頭研究菜單。我上前幫忙介紹，抬頭一看，竟是早上那位受傷的男生。他認出我後，笑著對太太說：「就是這個好心人帶我去醫院的！」

「你在這裡工作啊？」男生好奇地問。
「嗯，算是吧。」我笑了笑，隨口應答，沒多做解釋。

帶他們入座後，我順口關心了一下他的腳傷。他無奈地說，醫生建議休息兩週，但這次是他和太太為期兩個月的新婚之旅，旅程才剛開始卻被迫中斷。

我看著有些沮喪的他，便說道：「旅程尚未中斷啊，你們現在正一起經歷這個故事，雖然計畫有些改變，但說不定，哪天它會成為你們之間一個好笑且有趣的回憶。」

說完後，我們三個人一起笑了出來。男生的眼神變得柔和：「謝謝你，這真的是一次很特別的經歷。」他轉過頭看著太太，輕聲說：「抱歉，讓我們的旅程變了調。」

太太微微一笑。「不，這是我們的回憶。」她握住他的手，兩人眼神裡滿是愛意和感激。

那一刻，我們相視而笑，心裡都被一股溫暖填滿。

11 大衛和露西亞的瘋狂計畫

在大象咖啡廳「打工」的這段日子，我認識了許多世界各地的朋友，其中一對是來自西班牙的年輕夫婦——大衛（David）和露西亞（Lucia），竟成了我記憶中無法忘懷的一段故事。

這座小島是他們環遊亞洲的最後一站，原本只打算待上兩週，但因為聖誕節和新年的熱鬧氣氛，他們決定多留一段時間，直到跨年結束。

一天，露西亞談起他們在臺灣的旅行，特別提到了臺東的海景和令她念念不忘的滷肉飯。我告訴他們臺東是我的家鄉，瞬間拉近了彼此的距離。我們聊了很多旅途中的趣事，大概是因為有種說不出的親切感，後來，我們經常一起相約吃飯，這段友情的開始，也讓我在島上的生活多了幾分溫暖。

幾天後，大衛興奮地走進咖啡廳，「嘿，有個瘋狂的消息要告訴你！」他一邊坐下，一邊激動地說。
「什麼消息？」我好奇地問。
他告訴我，早上他和露西亞在大街上散步時，發現一間待售的民宿。他們兩人都非常喜歡，與房東洽談後，決定買下來，並且打算把它改造成一間充滿異國風情的民宿。我不可置信地瞪大眼睛，這樣的決定確實瘋狂，但同時又為他們能如此自由地選擇生活的勇氣感到佩服。
「我的天啊，真的嗎？恭喜你們！」我脫口而出。
「真的，我們要在這裡開一間民宿！」大衛滿臉笑容，開始分享他們的初

步計畫,會有幾間客房、怎麼樣的裝飾風格,露西亞甚至想在餐廳裡加入臺灣風味的餐點,讓更多來自世界各地的遊客品嚐到臺灣的味道。我聽著他們天馬行空的構想,也忍不住跟著期待了起來。

「我要當第一個客人,一定要留一個房間給我。」我開玩笑地說。
「當然!我們會幫你留樓上那間有陽台的房間,可以看到整片海景。」大衛笑著說。
那個午後,陽光灑進了大象咖啡廳,我們三人為這份瘋狂舉杯慶祝,滿懷著對民宿未來的期待。之後的幾天,我們經常一起討論細節,露西亞甚至開始設計菜單。他們計畫跨年結束後開始動工,距離跨年只剩不到兩週,這個瘋狂的計畫似乎也預告著他們人生的下一段旅程。

然而,隔年全球爆發了一場疫情(Covid-19),我回到臺灣後,收到大衛和露西亞的消息,他們不得不回到西班牙,所有計畫被迫擱置,他們的漫長等待似乎成了一個無法實現的夢。最後,他們選擇放棄那個民宿的夢想,並把房子轉賣給了別人。雖然計畫未能實現,但那天下午的記憶依然深刻地留在我的心裡——灑落在咖啡廳的陽光、我們三人圍坐在一起,為這個瘋狂計畫舉杯慶祝的期待與笑聲。

也許有些遺憾，這個故事未能以實現夢想作為結尾，卻成了我在旅途中，最無法忘懷的一部分。有時，我會想起在島上聽過的一句話：「這是我們的故事。」無論結局如何，大衛和露西亞的勇氣成就了那段時光，夢想有時未必能實現，但它的存在，會成為灌溉生命的重要養分。我會好好珍藏這段回憶，和那個未完成的約定，因為它讓我相信，勇氣與希望本身，就已足夠珍貴。

III 亞歷修的追尋

亞歷修（Alessio）是我在大象酒吧喝酒時認識的一個義大利男生。他蓬鬆的棕色捲髮和深邃的五官，長得非常帥氣。初次見面時，他給人一種放浪不羈的隨性，對於他眼前的一切似乎都不太在意。但幾杯酒下肚後，他告訴我，自己其實是為了追尋摯愛而來到這座島上的。這話說得有些突然，還帶著幾分醉意，但那一刻，我在他的眼神裡看到了某種矛盾。那種不願被人察覺的溫柔，藏在他看似瀟灑的外表之下。

他說，自己愛的那個女孩是他的青梅竹馬，兩人從小一起在義大利的西西里島長大。大學畢業後，女孩到了世界各地旅行，探索自己的人生。

「她是一個很特別的女孩,從小到大都不願被束縛,總覺得這個世界太大了,西西里島容不下她的夢想。」亞歷修微微低頭,語氣帶著些許無奈的笑意,「後來,她真的離開了,去了遙遠的地方。」他輕描淡寫,但眼神裡的溫柔卻讓我印象深刻。

我忽然想起那天傍晚,伊索拉站在無人島的海邊對我說,她喜歡這裡的遙遠與隱蔽,因為它能讓她逃離,讓她那顆漂泊的心能找到一個可以安放的地方。亞歷修提到的那個女孩,讓我隱約感到熟悉,但我沒有多問,只是靜靜地聽著。

「後來,她來到亞洲旅行,並且選擇留在這座小島。」亞歷修繼續說,「當我知道她在這裡時,我就來了。」
「她知道你來了嗎?」我好奇地問。

亞歷修點點頭,眼神中閃過一絲欣慰。「知道。她甚至幫我介紹了工作,我現在在一家義大利餐廳做學徒。老闆是她的朋友⋯⋯雖然我從來沒做過廚師,但現在每天學做菜,也成了我留在這裡的理由。」

「所以,你們現在常常見面嗎?」我試探地問,心裡忍不住猜想,或許我曾經見過這個女孩。

「偶爾吧,她有時會來餐廳幫忙,我們會聊聊近況,就像是回到了從前的樣子。這樣的相處方式,對我來說已經足夠了,至少還能像朋友那樣相伴。」他笑著說,語氣中帶著包容和尊重。

我看著他,心裡不禁為如此深愛一個人感到動容。亞歷修的等待不帶任何期許,他像是這座孤島邊緣的一株植物,紮根於此,只願默默守候。他的愛,像日復一日拍打礁石的浪,始終會退回邊界,保持一片靜默的距離。

「那你會等多久?」我問。

他聳了聳肩,像是早已問過自己這個問題,卻沒有答案。「不知道,也許等她找到她想要的生活吧。」

我們坐在吧檯前,陷入了短暫的沉默,彼此都清楚,有些選擇無須再多

的言語。後來我想，這裡的每個人似乎都在尋找一些東西，可能是答案，也可能是救贖，而在尋找的同時，我們是否也在逃避著什麼，包括我自己。

聽完亞歷修的故事，我想起了小美。曾經，我也以為我們之間的友情可以超越時間的枷鎖，卻在漫長的等待中，走到了今天的結果。我並不打算給亞歷修任何感情上的建議，畢竟這是他選擇的方式，他認為值得就好。我只希望在這條追尋的路上，他能夠記得自己最一開始的模樣，不被失落所吞噬。

「你是個非常棒的人！」離開前，我拍了拍他的肩膀，笑著說，「無論你等多久，也不要忘了照顧自己。」順便邀請他參加跨年夜的聚會。我和他說，想介紹幾個我在島上的朋友給他認識，並開玩笑地說，如果可以，就帶那位女孩一起來吧。

他笑了笑，點頭答應。「好啊，如果她願意來的話，我一定介紹她給你認識。」

那一刻，我心裡不自覺有些期待，卻也帶著難以名狀的情緒。或許，在跨年夜的聚會上，我會見到那個讓亞歷修等待許久的女孩；又或許，那位女孩依然選擇站在自己的孤島上，以孤獨的姿態遙望這個世界。

身邊有個人,陪你說著笑不膩的話題,
重複無聊卻不厭煩的廢話,

大概就是路上最美的風景了。

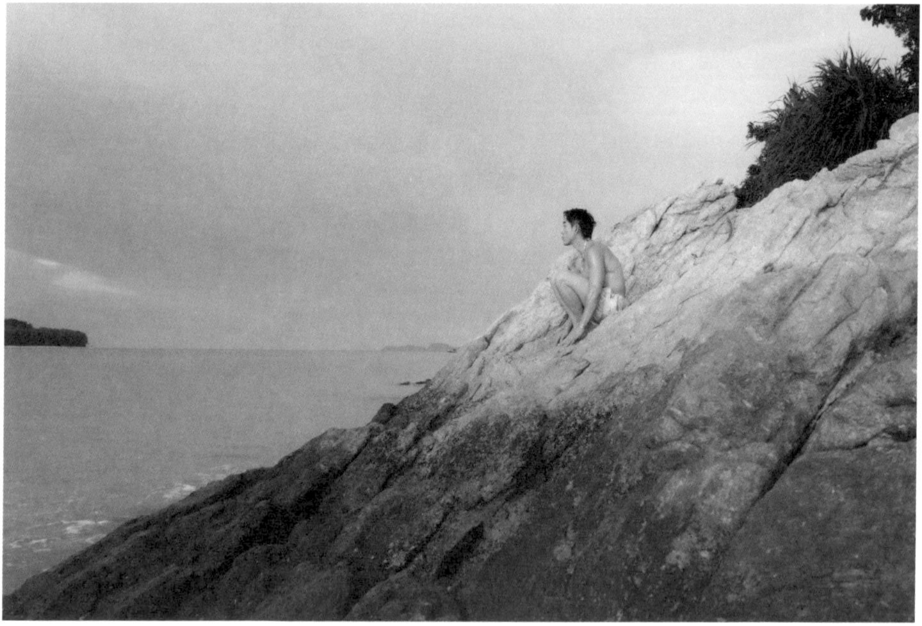

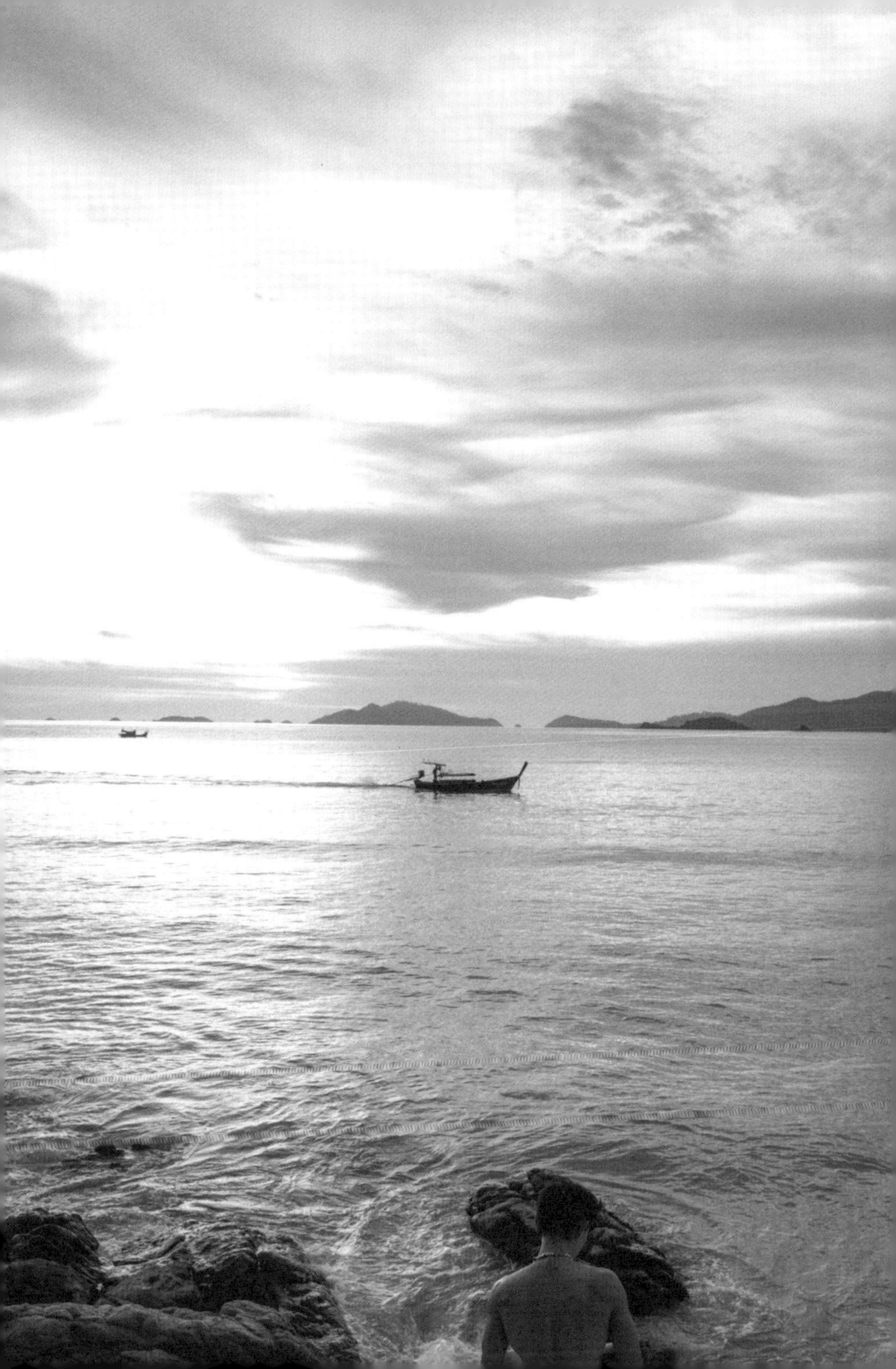

你最強大的時候,是坦承脆弱的自己。

感謝一路勇敢走來的自己,以良善的姿態繼續活著。

Be brave. Be kind. Be yourself.

願此生所有的愛，陪你走過世間傾盆大雨。

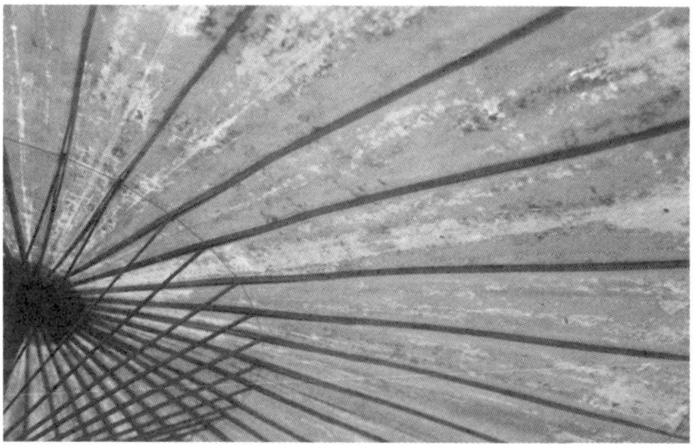

50

50

成年人的世界

一半是不關我的事,另一半是關我屁事。
一半是學著放手,另一半卻緊抓不放。
一半是羅生門,另一半是答案無用。
一半裝作知道,另一半清楚那全是裝出來的。
一半期許未來,另一半卻浪費當下。
一半渴求認可,一半卻發現沒人在乎。
一半是崩裂分離,另一半是重拾拼湊。
一半是言不由衷,另一半是學著遺忘。

Life is…

50% I don't know. 50% I don't care.
50% letting go. 50% holding on.
50% questions unanswered. 50% answers unneeded.
50% pretending to know. 50% knowing it's all pretended.
50% waiting for the future. 50% wasting the present.
50% seeking approval. 50% realizing no one cares.
50% falling apart. 50% piecing it back together.
50% things unsaid. 50% Learning to forget.

寫給自己的十句話。

情緒寶貴,不要浪費。
生而為人,善惡同生。
勇敢結束的人,生活會獎勵一場新的開始。
比起輸贏,來日方長。
你只有一個使命,堅定地走向自我。
不要對他人有所期待,那是一種微妙的勒索。
有人討厭你,那是他的問題。
有些人認識了就好,無須深交。
不願意交往的人,你就別費心了。
接受事實,為自己的錯誤買單。

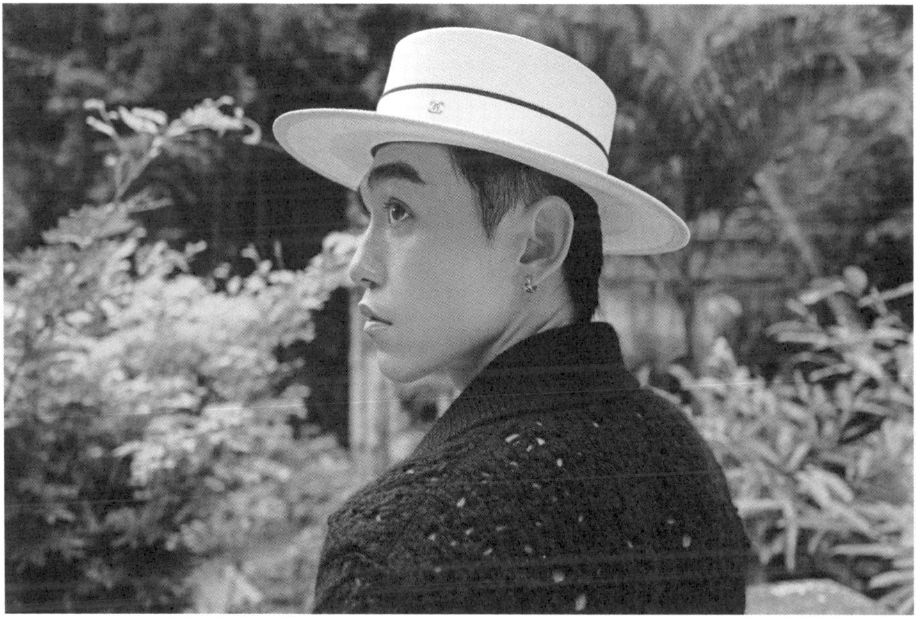

比偽裝更有力量的,是真誠。

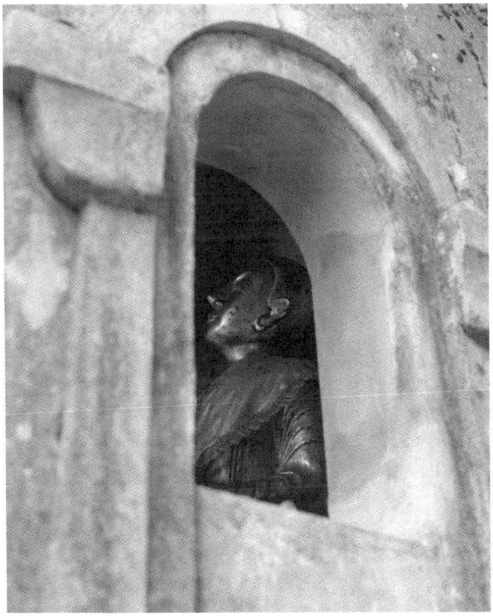

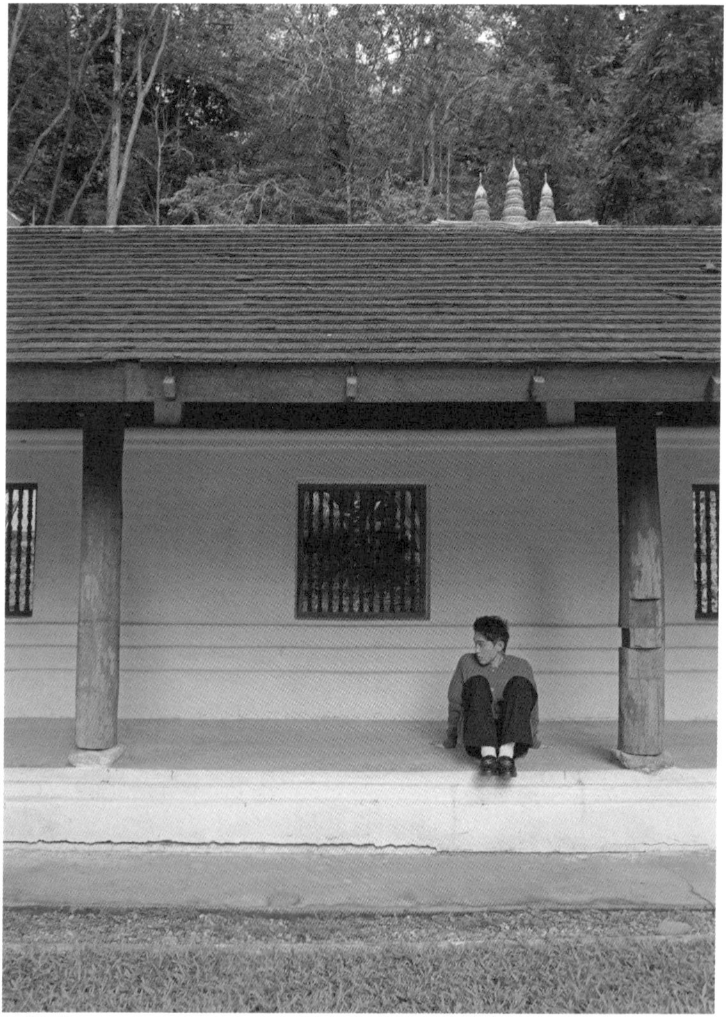

很喜歡朋友的比喻,她說:「新的一年要懂得將自己的感受置頂。」

在這個大量活在展現自我的社群時代,真實生活中也該如此,
你的每一次選擇都將活成屬於你的個人版面,
請不要再用力走向任何人,將感受置頂,以自己為優先。

人為什麼會感到孤獨?

以前的我以為是因為沒有人了解自己，
後來的我發現，是自己不夠了解自己。

未來的那個我說:「別長大,那是一個再也無法逃脫的陷阱。」

I met the future me, and he said,
"Don't grow up. It's a trap you'll never escape from."

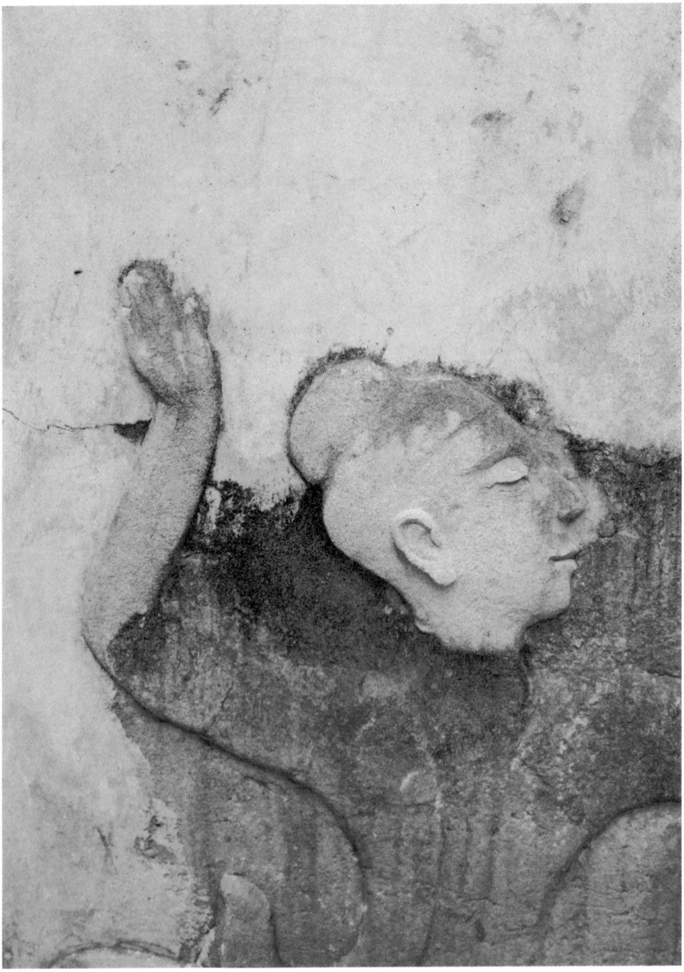

You can be kind and still say no.
拒絕,並不會讓你成為壞人。

練習在睡前原諒今天的一切,包括原諒自己。

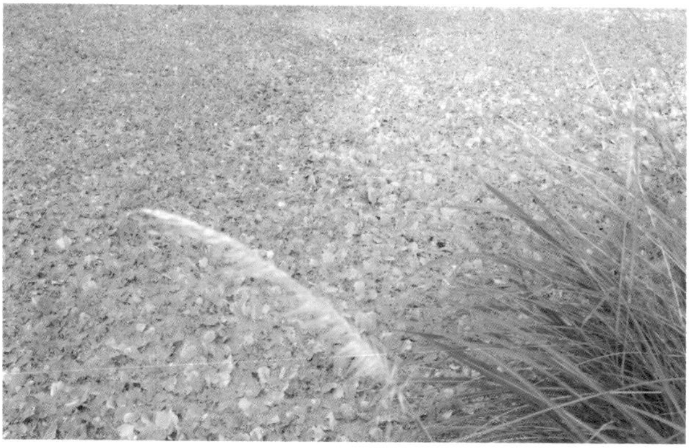

A

說真的，你大概不會想和她對眼超過一秒，

免得被她如刀般的目光劃出心理陰影。

Her name is A.

島上唯一的健身房，隱藏在一間酒吧後方的庭院裡，設備簡陋但還算堪用。我在島上的這段時間，為了維持健身習慣，每週都固定來做些簡單的訓練。畢竟，在這裡每天都打著赤膊，體態的變化也特別明顯。

酒吧櫃檯裡有一位表情猶如凶神惡煞的女人，她剃光了兩側頭髮，中間僅留的長髮隨性地向後綁成馬尾，黝黑結實的雙臂上，布滿了各式圖案的刺青，整個人散發著一種「生人勿近」的氣場。她的名字叫做 A，一個總是冷漠厭世的女人。

第一次見到她時，我不小心和她對視了一秒，立刻感受到眼神中的狠勁。說真的，你大概不會想和她對眼超過一秒，免得被她如刀般的目光劃出心理陰影。我匆匆付完健身房的入場費後，便迅速地朝後院的方向逃離。

訓練結束後，我準備點一杯高蛋白奶昔來補充營養。卻發現櫃台裡只剩下 A 一個人。我硬著頭皮走了過去，假裝鎮定地看著黑板上的菜單，心裡卻不敢相信，高蛋白奶昔竟然要價兩百元？！雖然知道小島上的物價都不便宜，但這價格還是讓我有些猶豫。

「請問這一杯奶昔的高蛋白粉有幾克?」我忍不住問。

A抬起頭,眼神沒有任何波動,冷冷地說:「一湯匙。」她語氣中的不耐煩像在明示暗示:「不要問!」

我心裡不禁各種吶喊:「我知道是一湯匙,但問題是,一湯匙是多少克啊?」我只不過是想記錄一下每天攝取的蛋白質份量而已,又不是斤斤計較⋯⋯
但當下不知道哪根筋不對,我又補了一句:「所以⋯⋯一湯匙到底是幾克?」

話才說完,她的動作停了一下,抬頭淡定地看著我,深深吸了一口氣,並且翻了一個白眼。這次,她是真的不耐煩了,我幾乎可以感覺到整座小島的空氣瞬間凝結。但話已出口,收不回來了。

接著,A放下正在擦拭的杯具,轉身走進廚房。沒多久,她扛著一桶大得誇張的高蛋白粉走了出來,砰的一聲放在吧台上,她面無表情地打開蓋子,拿起裡面那把塑膠湯匙,舉到我眼前:「這,就是一湯匙。」語氣

平淡得像在陳述一個無法反駁的事實。

我愣在那裡，目光在湯匙和她的臉之間來回移動，僵持了幾秒，像極了一場誰也不肯認輸的拉鋸戰。當然，我不是她的對手，最終只能舉手投降，乾笑著點頭：「好吧，那請給我一杯。」

她迅速收回湯匙，手腳俐落地準備，不到幾分鐘就將奶昔推到我面前，不帶任何表情地丟下一句：「兩百。」，害怕再次觸發一場無聲的戰爭，我慌忙地付完錢後，拿著得來不易的高蛋白奶昔，迅速撤離。

這是我第一次遇見A，雖然不算愉快，她那厭世的態度卻在我心裡留下深刻印象。後來，我們成了島上最要好的朋友。這個「高蛋白事件」是我們相識的契機，但真正讓我們認識彼此的，是跨年夜的那個晚上。

你就是你，萬中選一。
那麼可愛的你，請把日子過得不慌不忙，做自己的光就好。

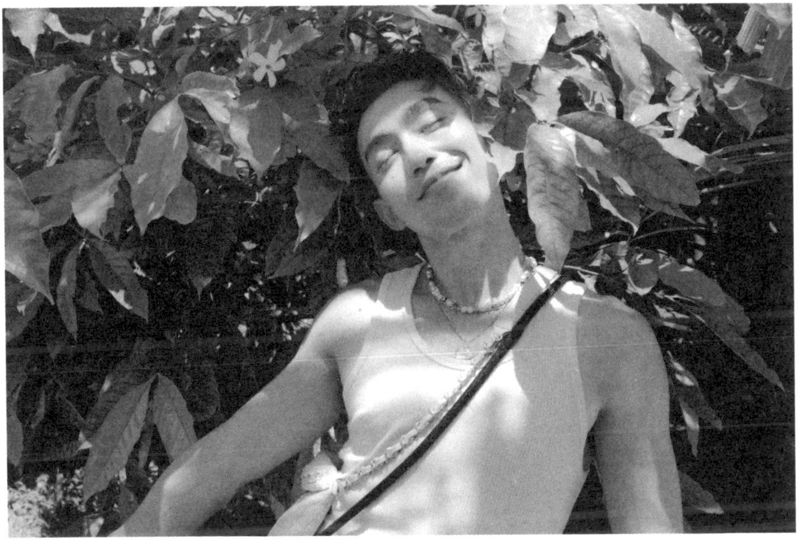

目前為止,你已經從許多你認為過不去的故事情節之中活了過來。

到另一個地方生活，看看不一樣的人間煙火。

Live somewhere else and witness the beauty of ordinary life.

When you find yourself in a wide, open wilderness, just take that first step. Paths open up in every direction, and few things feel better than starting a new journey.

如果身處一片荒野，你要做的就是邁步出去，
四面八方都是路，而且，出發的感覺真的太好了。

公路　旅行

如果將我們的愛情比喻成一趟旅程
那我想和你踏上一段公路之旅
無論路上重複著多少無聊話題
沉默也好,鬥嘴也好
只要路上有你,再遠的路程都不嫌累

誰叫沿途所有風景裡,我最喜歡你

你已是全部，

獨一無二

且如此耀眼。

You are your own universe.

In their gaze lies all the world they wish to show you.

愛你的人，眼裡裝滿了想帶你去看的風景

兩個人待在一起,彼此忙著各自的事,
即使沉默的時光也能感到陪伴,
那種安心自在的感覺其實是很幸福的。

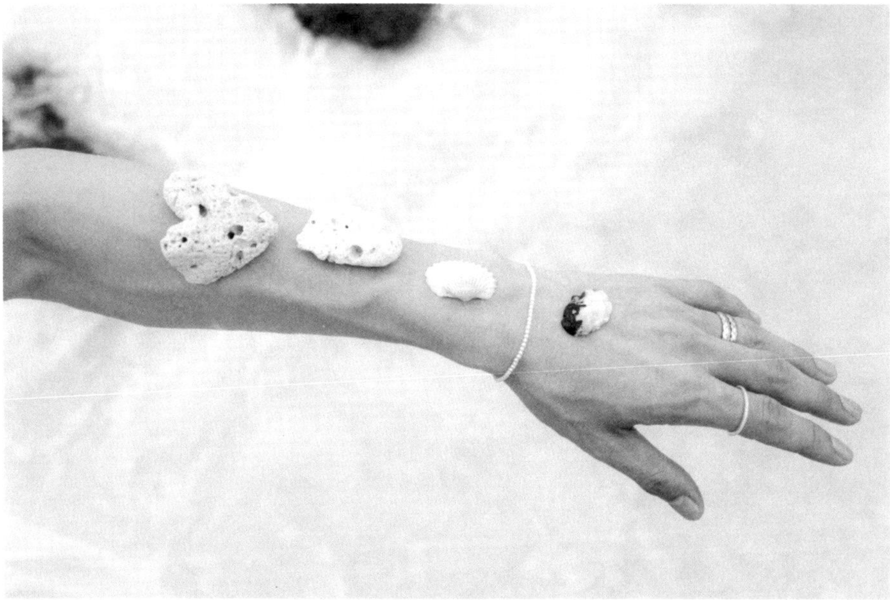

夜晚有煙火，也有告別

把過去放下，

　　　並不代表必須要將它遺忘，

　　因為它曾是生命中如此重要的存在，

　　　　那是對往後的我們最深切的一種祝福。

　　　　　　　Goodbye and Hello.

倒數跨年的夜晚，大象酒吧外擠滿了人，這個平日隱匿在小島一隅的咖啡廳，今晚成了全島狂歡的中心。我隨著人潮擠進了酒吧，四周充滿了歡笑聲，熱鬧的氣氛在夜風和音樂中蔓延。大家端著酒杯，等待著倒數的時刻，每個人仿佛都準備好將過去的煩惱在這一夜拋諸腦後。

「嘿！」熟悉的聲音從人群中傳來。我回頭一看，是大衛和露西亞，他們擠過來遞給我一瓶啤酒。
「新年快樂！」大衛用力拍了拍我的肩膀，滿臉通紅地笑。
「新年快樂！」我微笑著回應，「你們準備好迎接新的一年了嗎？」
「還沒！」露西亞笑得灑脫，「但我們準備好享受今晚了！」她俏皮地舉起酒瓶，眼神裡滿是篤定的輕鬆。

不知為何，心中莫名感到一股暖意。大衛和露西亞走過了整整一年的旅程，最後選擇留在這座小島，今晚對他們來說，更像是一場告別，為過去的旅程劃下句點，迎接即將開啟的新生活。

正當我們三人舉杯碰酒時，亞歷修從人群中慢慢地朝我們走來，身旁有一道身影，我一眼就認出是伊索拉。她穿著深色的長裙，眼神中帶著她一

貫的神祕與冷冽,看到我時,伊索拉露出微笑並點了點頭,我回以一個微笑,心中充滿說不出的悸動。

這時,我在人群中看見另一對熟悉的身影。是那位因腳傷打亂蜜月旅行的男生和他太太。他們依偎在一起,臉上帶著幸福的笑容。看到我時,他們熱情地揮手,我也笑著點頭回應。儘管他們的旅程有些波折,但看他們緊握彼此的手,這段旅程的意義似乎更為深刻。

不久後,倒數的聲音響起,我們隨著人群一同朝沙灘上走去。踩著柔軟的細沙,周圍的人們不再有陌生的隔閡,滿臉期待地將手中的酒瓶高高舉起,眼神中帶著柔和的光。

「五、四、三、二、一!」
絢爛的光芒在夜空中綻放,火光映照在每一個人的臉上。我抬頭望著煙火,心中湧上一股暖流——彷彿這一刻,所有的煩惱、過往的遺憾和那無法說出口的心事,都隨著煙火散去。身邊的人們互相擁抱、微笑祝賀著新年快樂。有那麼一瞬間,我真的感受到阿川說的那股力量——這座小島,是一個能夠救贖人心的地方,讓人能夠真正放下過去。

不遠處,亞歷修站在伊索拉的身旁,煙火的光芒照亮了他們的臉。亞歷修只是對著夜空輕輕點了點頭,短暫的沉默中,彷彿早已說盡了所有。而大衛和露西亞依偎在一起,兩人十指緊扣,這座小島成了他們人生旅途中曾經駐足的港灣。那對新婚夫妻也擁抱在一起,或許這趟旅程不是完美無缺,卻也成為回憶裡最真實的片段。

我不禁望向四周的人們,每個人的臉上都充滿了新希望以及對過去的釋然。
「這座小島很神奇,對吧?」我在心裡對著自己說。

煙火漸漸散去,我突然想起當年和小美一起來到這座島上的回憶,內心無比平靜。我意識到,把過去放下,並不代表必須要將它遺忘,因為它曾是生命中如此重要的存在,那是對往後的我們最深切的一種祝福;無論今後各自要去向何方,我們每一個人都能擁有一個全新的開始,像是今晚的這座小島,給予了每一個靈魂重生的機會。

我在清邁的旅途中,偶然看見牆上的一行塗鴉───
「祝你永遠年輕,永遠熱淚盈眶。」

這句話像是一個陌生的祝福,提醒著每個漂泊的靈魂。
我將它打包,塞進了口袋,陪自己浪跡天涯。

Forever young.

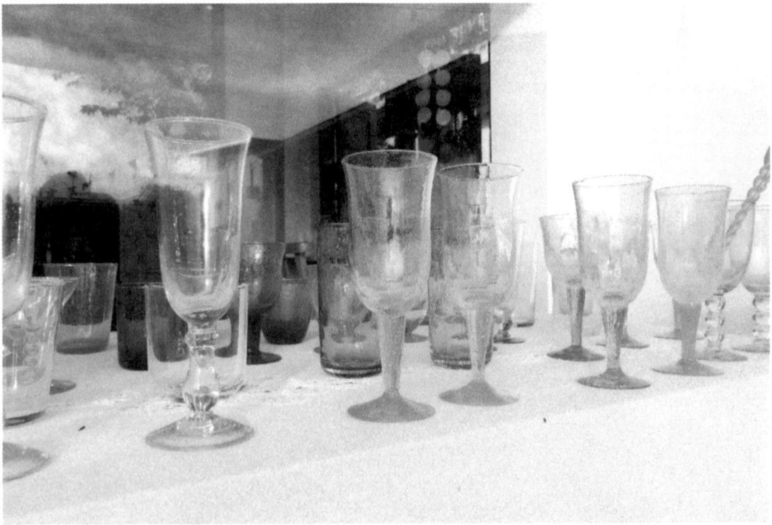

透過外界的喜歡，當然能成為某種心理程度上的自信來源，
但如果過度依賴外在眼光來尋找自我快樂，
這樣的自信價值是有相當程度風險的。

真正能讓人安心的，或許是因為你內心明白，
跟誰在一起的時光才讓你感到最自在、最快樂。
而且那種感覺非常的真實，且難以取代。

每個人對於幸福自有定義。
對我來說，身邊沒人的時候，遇見了願意留下的人最幸福；
沒有人懂你的那個時候，遇見了聽你說話的人最幸福；
在你最脆弱無助的時候，伸出的雙手最溫暖。

最重要的是，在你卸下完美武裝時，
身邊還有那些人陪著自己最幸福。

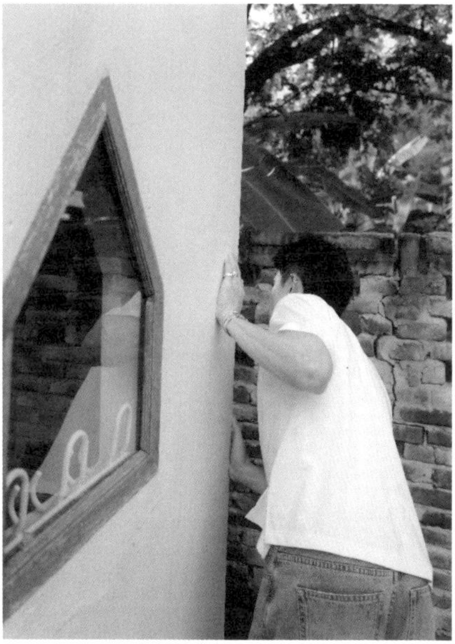

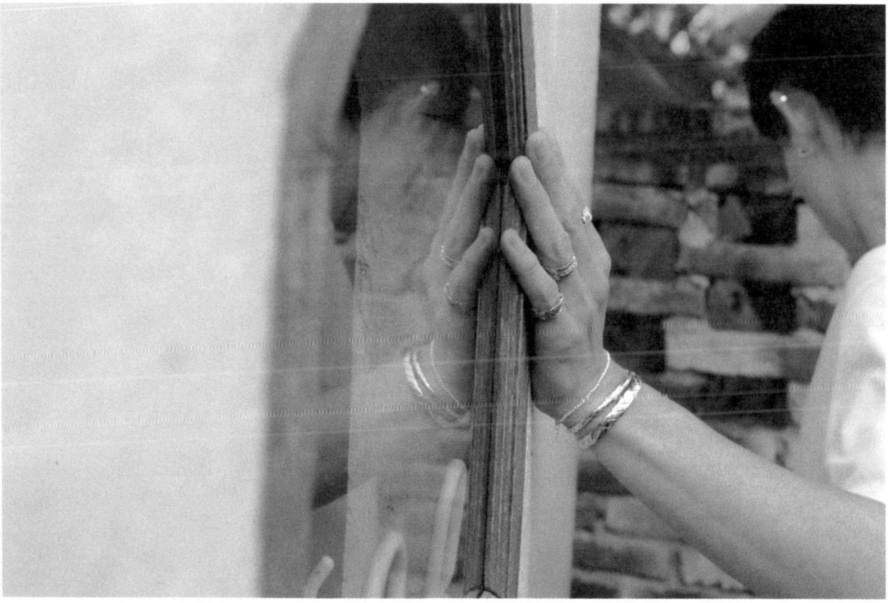

是 你

「我愛你」，只是因為你是你，人有千萬種模樣，愛也是。
我想要的愛情很簡單，只要能和你一起旅行，
一起吃好多頓飯，一起變胖再一起努力運動減肥，
途中或許有些爭執，可最終也帶來成長。

我不將你和誰作比較，因為你就是你，
這是屬於我們的愛情，和外面那些聲音都沒有關係。

但凡失戀過
一名偉大的

的人，都是哲學家。

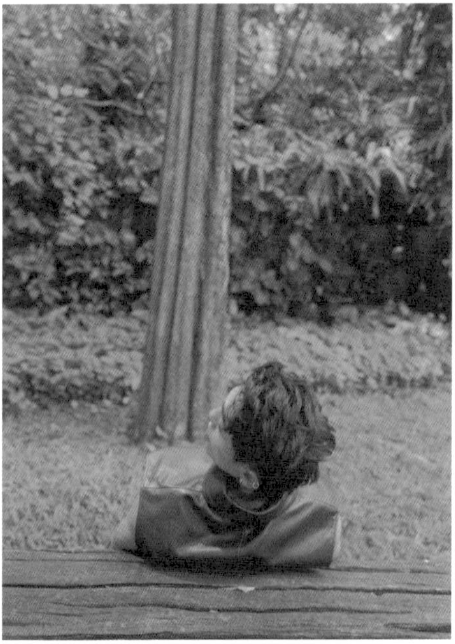

肋骨都摔斷了，還學不會愛自己，
你也知道自己早已遍體鱗傷。

沒有人會來
你就是自己等待的人
始終都是你

無人拯救的你
必須成為自己的拯救者

No one is coming. You are the person you've been waiting for! You've always been your own kind, you're exactly who you need.

It's always you.

你要愛得勇敢，但不盲目；
你要愛得自由，但不狂妄；
你要愛得呵護，但不縱容。

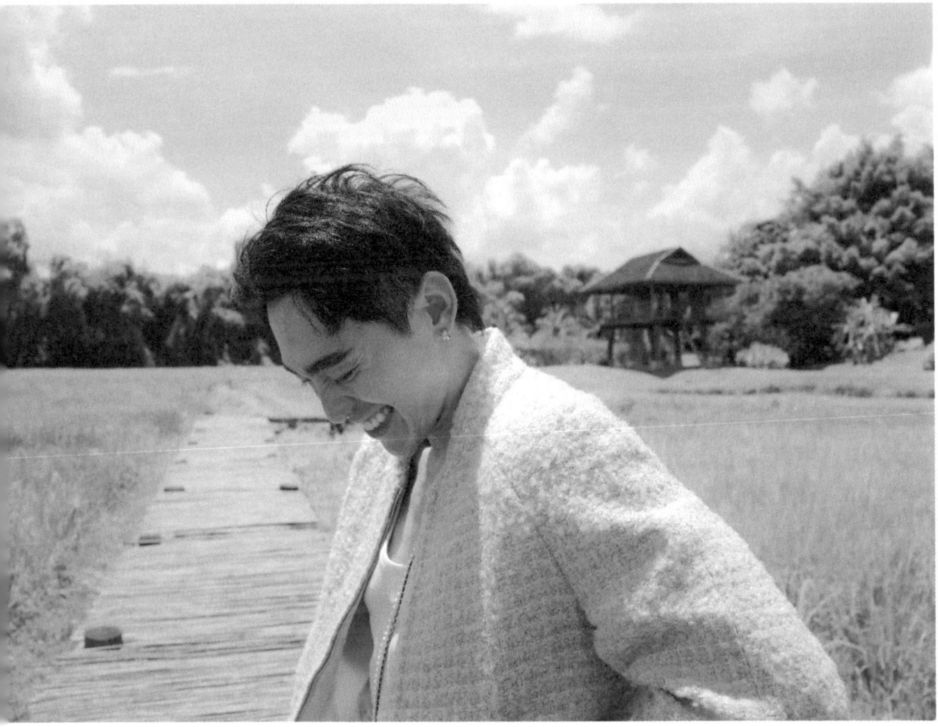

新年快樂

這世界上沒有誰是與眾不同的，

我們都受過傷，

但那不該成為我們害怕去愛的理由。

We are just all the same.

倒數結束後，大家紛紛走回大象酒吧。老闆拿起了吉他，開始彈奏一首又一首的經典老歌，酒吧裡的人隨著音樂齊聲合唱，彷彿每一首歌都是為了今晚所寫，大家彼此搭著肩，熱情地擁抱在一起，無論你是不是今天才剛到島上的陌生人，這一刻都成為了摯友和家人。

正當我也沉浸在這氛圍時，突然發現A就站在我身旁。她依然是那副冷漠的表情，注視著四周狂歡的人群。我鼓起勇氣輕輕拍了她的肩膀：「嘿！新年快樂！」

她轉過頭來，一臉狐疑地看著我。「你是誰？」語氣還帶著一絲挑釁。大概是這個夜晚的氣氛太有愛了，我忍不住笑意，帶著點調皮的口吻說：「請問，這杯高蛋白有幾克？」

她先是愣了一下，接著毫不留情地朝我肩膀捶了一下，力道還不小。「你知不知道當時我覺得你有多白目？」她邊笑邊說，眼神裡多了一些我沒見過的柔和。

「好啦，我後來也覺得滿抱歉的。」我一邊揉著肩膀，一邊假裝無辜地笑

著,「但說真的⋯⋯一湯匙到底有幾克?」話才說出口,又挨了一拳。「閉嘴!」她笑罵著,隨手拉著我一起走到了吧檯旁。

我們並肩站著,一起喝著海島風味的調酒。這裡的人似乎都認識她,陸續舉杯向她打招呼,A 一邊隨意地回應大家,一邊向他們介紹我:「就是這個人,我跟你們說過的『高蛋白先生』。」每講一次,大家就響起一片笑聲,而我只能無奈苦笑地接受這個新稱號。

隨著酒意漸濃,A 的語氣也變得輕鬆許多,我們聊起了各自的故事以及這裡的生活。正當我問她為什麼會來到這座小島時,她忽然靜了下來,表情也變得有些複雜。

「我十八歲那年,本來準備和家人一起移民英國,但就在那個時候,我遇到了他,最後我選擇為愛情留下來。」A 說著一口非常好聽的英式口音,沙啞的聲音中帶有隱隱的哀傷。「當時的我還年輕,義無反顧地留在他身邊,只覺得自己遇上了可以共度一生的人。他總是對我說:『我會給妳一個家。』」A 自嘲地笑了一下,「一開始,他的確是個溫柔體貼的人,至少表面看起來是這樣,後來他開始變得多疑,控制欲也越來越強,但他說那是愛,因為他不想失去我。」A 停頓了一下,深吸了一口

氣。「兩年後,我告訴他我懷孕了⋯⋯那一晚,他掐著我的脖子對我說:『你要是敢生下這個孩子,我就讓你死。』A說話時的表情非常平靜,語氣卻有種讓人無法忽視的堅韌。「我那時候根本不敢反抗,只能拚命掙扎、哭求他冷靜。但就是在那一刻,我知道我必須想辦法離開。」她的聲音微微顫抖著,卻依然堅定。

後來A在那天夜裡逃了出來,她當時唯一的念頭就是保護自己和肚子裡的孩子,最後逃到了這座小島附近的親戚家,也在那裡生下了女兒。

也許是酒精的緣故,即使身處一片狂歡的喧鬧聲中,我的眼淚還是止不住地流下,A伸手幫我擦掉臉上的淚水,「傻孩子,我沒事的,我很堅強,答應我,你也要成為一個堅強的人,好嗎?」A只是輕輕地說,卻有股龐大的力量。

那一刻,我才知道,原來她的冷漠並不是一層用來防禦的盔甲,而是一種對自己的保護,選擇好好活下去的方式。她人生的故事,無須同情,也無須人懂。

她拿出了手機，螢幕上的照片是個笑得燦爛的女孩，A的眼神中充滿著驕傲，「她是我這一生最寶貴的禮物，只要她能自由快樂地成長，就足夠了。」說到這裡，我看見了一位母親的偉大，她的堅強令人動容。
她告訴我，女兒現在在英國念書，自己也曾搬去英國住過一陣子，但那不是她想要的生活，最後，她選擇留在這座島上。

聊到這裡，A忽然笑著和我說她的女兒是一名同志，「她是一個很特別的女孩，從來都不害怕別人的眼光，坦坦蕩蕩地做自己。每次她放假來到這座島上，無論男女都很喜歡她。」她說，這世界上沒有誰是與眾不同的，我們都受過傷，但那不該成為我們害怕去愛的理由。

A的話深深觸動了我，她的愛不只是為了保護女兒，而是教會她如何去擁抱這個世界。當她微笑地說起女兒時，那種滿足的神情，我一輩子都不會忘記。

酒吧裡，老闆彈起了Elton John（艾爾頓‧強）的《Your Song》。一對中年女人站了起來，雙手相扣，並隨著音樂左右搖擺，她們的舞步簡單而緩慢，自在的態度像是在自己小小的房間裡一樣。音樂結束時，她們深

情地相吻，其中一人轉過身對大家說：「這是我們的蜜月旅行。」酒吧裡響起熱烈的掌聲，滿滿的祝福。我看見不遠處，一位母親正溫柔地握著她女兒的手，一起輕輕應和，那個掌聲裡，包含了對每一份愛的認可和祝福。

身旁的 A 笑了，她握住我的手說：「看到了嗎？每個人都值得擁有那份愛。」

愛過的人，會變得勇敢；被愛過的人，會變得強大。

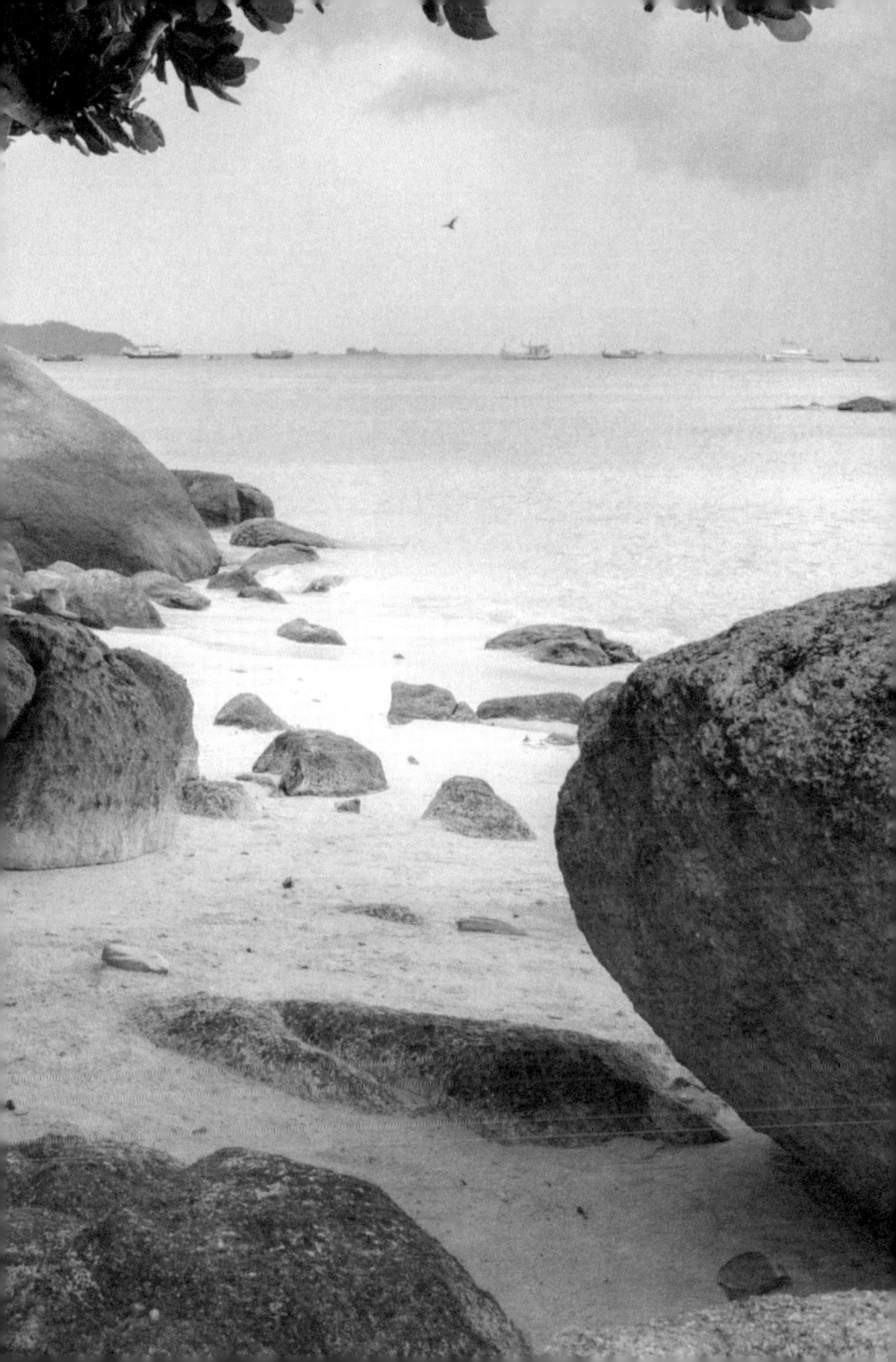

It hurts to move on, but sometimes it hurts more than you stay.

親愛的自己，就別再招惹已經過去的人了。

Without you here, each day becomes a lifetime.

沒有你的一生，太長了。

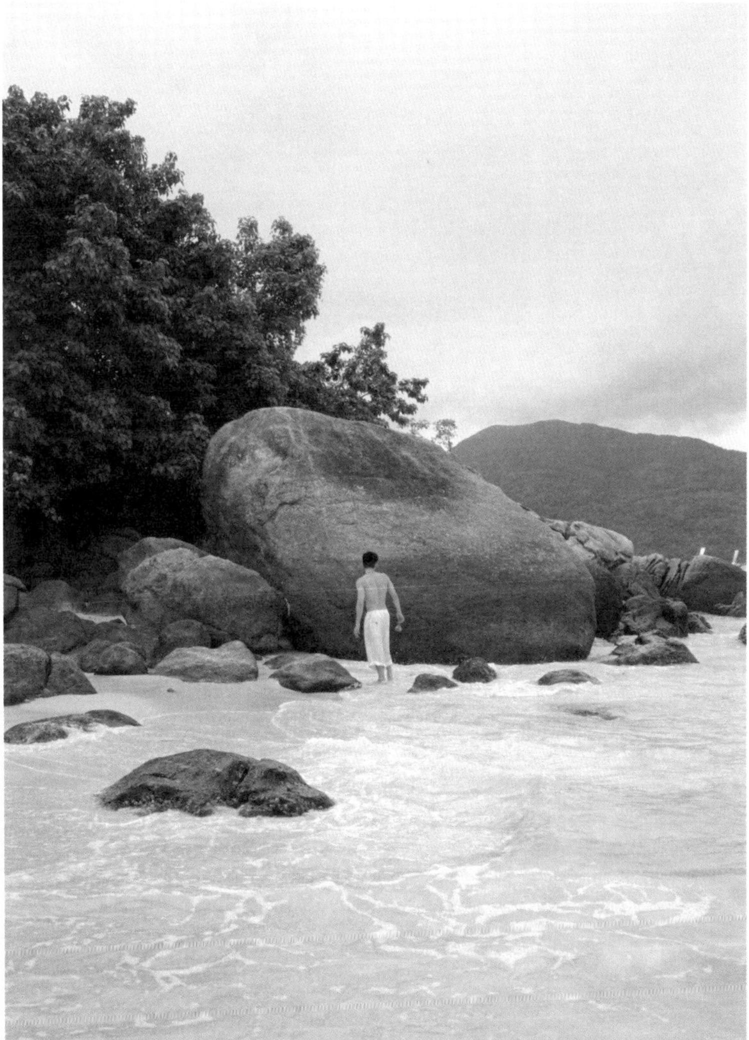

對話

「我越來越不喜歡自己了。」
「那就讓我來喜歡你吧。」

「喜歡一個人的感覺是什麼啊？」
「吃到好吃的東西，第一個想到的是你，看見一片美麗的風景，想到的都是下次一定要和你來這裡。」

「那愛一個人的感覺又是什麼？」
「愛上你的那天開始，入冬初雪，絢爛夏花，春日晨風，秋葉漫山，一年四季，全都是你的樣子。」

「人說愛到了深處，就成了親人，那我們還有愛情嗎？」
「濃烈的愛，像是洶湧流動的泉水，平淡後，才是一生的開始，接下來的日子，如同一道細長的溪流，無聲地流淌，漫長、緩慢，在日復一日的平淡中，我們看清了彼此的樣子，而那些細水流長的風景，才是真正屬於我們無與倫比的美麗。」

「……」

「每次都搶著第一的你,這次還真讓你如願了。」

「到了那裡,睡覺別老是忘了蓋被子,別總是渴了就喝冰水。」

「花園裡的花,我會幫你顧好,不然哪天你跑來我夢裡念我一頓,你知道我最討厭你囉唆了。」

「親愛的,你有聽到嗎?」

「思念如果有聲音,在天上的你,肯定尷尬地大笑起來呢。」

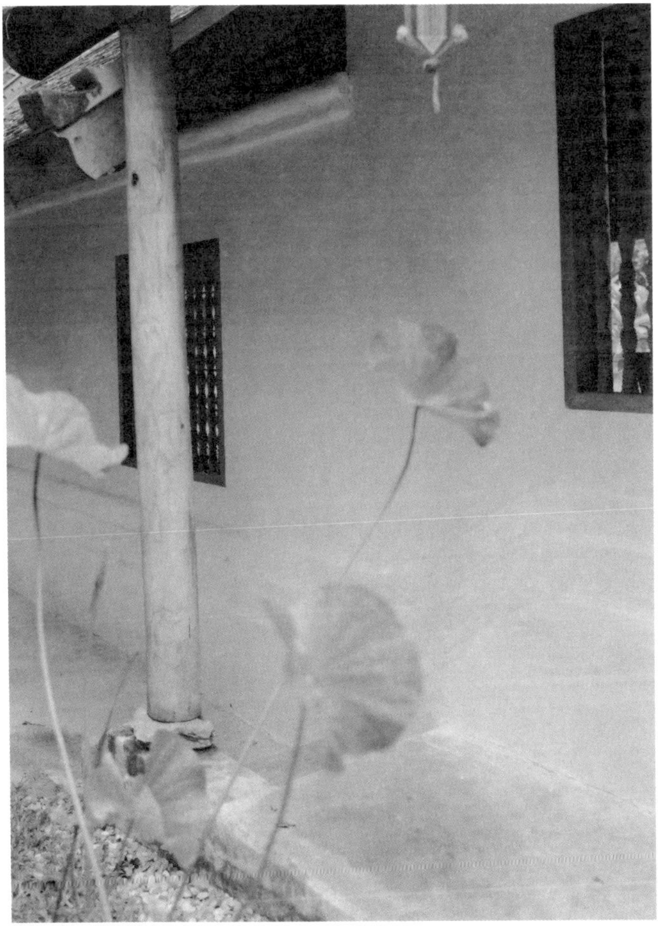

有些人，或許你會感謝他的出現，就像替你上了一課。

面對現在的生活會發現，其實在看似失去的過程中，
自己也收穫了很多，它反應在往後我們的思想、選擇，
懂得如何為內在的感受而取捨。

相同的，有些人你現在回想起來，
也真的謝謝不是他陪你走完接下來的日子。

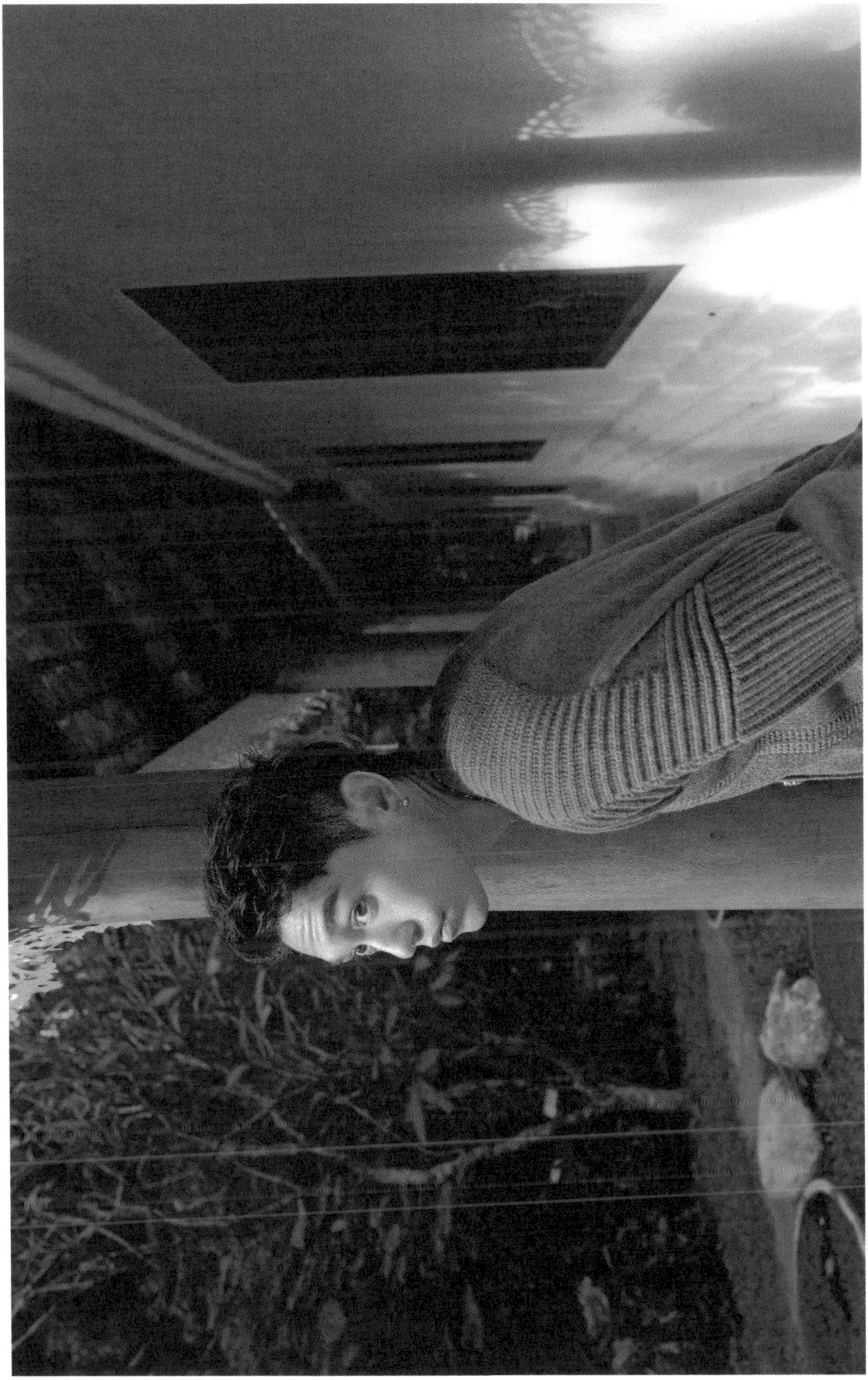

敬・人生

We are all broken, that's how the light gets in.

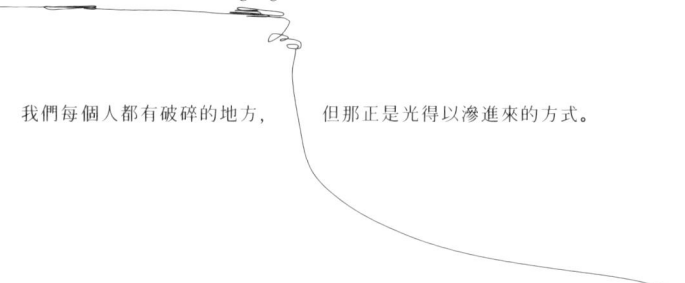

我們每個人都有破碎的地方， 但那正是光得以滲進來的方式。

A toast to life.

新年的第一天，我獨自在海邊漫步，打算安靜地看夕陽。當我正準備找個合適的地方坐下時，遠處一個人影朝我揮了揮手，那是Ａ。她手裡拿著一瓶啤酒，笑著示意我過去。

「來，一起看夕陽吧！」她的聲音聽起來已不再陌生，「你在島上的日子也不多了。」

我們找了個安靜的地方坐下，夕陽餘暉正映照在海面上，波紋閃耀著柔和的金光。Ａ沒有說話，只是靜靜地望著遠方。我也不急著打破這份寧靜，隨著她的目光一同凝視著眼前緩緩沉入海平線的橙紅色。

過了一會兒，她低聲說：「這座島啊，總有一天也會變成像其他地方一樣，商業又喧鬧……」她的聲音帶著嘆息，「你覺得，到那個時候還會有人像我們這樣，簡簡單單坐在這裡，看著夕陽慢慢落下嗎？」

我聽著她的話，回想起很久以前的那個夏天。我和小羊也曾經在這座島上看過同樣的夕陽。我記得，我們將肋骨靠在一起時，她輕聲對我說：「如果有一天我們老了，還要像這樣坐在一起看夕陽喔。」我望著這片寧

靜的大海，心中默默地明白，也許這座小島不會永遠是這個模樣，就像我曾經深信不疑的那段友誼，愛過她的那個夏天一直停留在那年，這是無須刪除的故事，我只能將那段過去安放在心底某處，然後繼續生活就好。

我望著海平面的最遠方沒有說話。A沒有在意我的沉默，繼續說了下去：「當初，我來到這座小島，以為這裡能夠讓我忘記過去的一切。可是啊，這些年才漸漸發現，過去的傷痛不是那麼容易被甩掉的，它們就像影子一樣，如影隨形。」語氣裡透著一種說不出的坦然。

聽著她的話，我想起這麼一句話："We are all broken, that's how the light gets in."（我們每個人都有破碎的地方，但那正是光得以滲進來的方式。）這是 Hemingway（海明威）說的。或許，正因為我們都曾受過傷，才有機會讓那一點點的光亮透進來，慢慢修補那些破裂的部分，也讓我們學會與自己和解。

A聽了後只是輕輕一笑。「你在這座島的海裡游泳過嗎？這裡的暗流會把人帶得很遠，等你發現的時候，已經離岸邊越來越遠，你有過這個經

驗吧?」我點了點頭。她的聲音變得溫柔:「你越是奮力地想往岸上游,可面對不斷將你往後推的海浪,抵抗只會讓你遍體鱗傷。」

「可是不這麼做,又要如何回到岸上?」我轉過頭看著她。

「You wait. 你等待。」她嘴角微微揚起,像是在說給我聽,也是在告訴自己,「你會發現,直到你打心底願意縱身在這片大海時,才能找到這片大海的節奏,從另一頭游出。那個過程非常緩慢,甚至讓人感到不安與慌張,但你必須要有耐心,然後你會發現自己正緩緩地朝著岸邊的方向接近。」

我聽著她的話,陷入了沉思,或許學會與自己和解,最重要的是選擇讓過去成為自己的一部分,如同縱身這片大海,讓它成為推動自己的力量。和解這件事,從來都不是發生在一朝一夕,而是一次又一次地與自己坦然,你不再抵抗生命中的洋流,你學會接受與等待,當傷痛不再是負擔,而是我們成長的一部分,我們才能真的放下過去,往自己的岸上前進。

我靜靜聽著，內心像是被什麼觸動。我們的對話就像一面鏡子，它讓我看到了自己過去這一年的迷茫。也許，我們每個人的內心都有一道無法擺脫的暗流，又或許，我一直在尋找的答案，其實不在遠方。

「所以，接下來你有什麼打算？」我忍不住問。

A轉過頭來看著我，眼神透著堅定。「活得真實！」她笑了笑，語氣也變得平靜了，「這裡只是我人生的一段旅程，並不是終點。但誰知道？也許我會回到英國，和女兒一起生活也說不定，只是無論未來會怎麼樣，我都不想再逃避了。」

我們將啤酒舉起乾杯，互相說了一句：「敬人生！」這一刻，無須過多言語，彷彿一切都在這片大海前得到了釋放。夕陽緩緩沉入海平線，最後一抹橙色消失後，只留一片靜謐，像是給這世界上每個曾奮力抵抗過的靈魂。

「保重，希望你能找到屬於你的答案。」分開前，A給了我一個深深的擁抱，便轉身離開。我望著她的背影逐漸消失在夜色裡，心中湧起一股感

激。這座小島，或許真的擁有一種特別的力量，讓我們這些迷惘的靈魂在人群中一眼就找到彼此。

離開小島的那天早晨，陽光讓整座島披上了一層柔和的光，我站在碼頭，望著這個發生許多故事的地方，心裡有著說不出的感觸。臨行前，我想起了阿川，於是傳了一封訊息給他──這也是我們最後一次的聯繫。他在那趟歐洲旅行後，因為一場意外，永遠地離開了我們。

我在訊息裡寫著：「這座小島真的很神奇。」沒多久，阿川的回覆出現在螢幕上：「怎麼樣？有找到我說的那個『救贖』嗎？」

我停頓了一下，想起這趟旅程中遇見的每一張臉，每一次的對話，「我不確定是不是所謂的救贖，但在小島生活的日子裡，我似乎找到了某種平靜。」回完訊息後，一陣溫暖的回憶湧上心頭。

螢幕再一次亮起，這是我們最後的對話訊息：「也許，你只是需要給自己一個機會去接受一切。記住，有時候，答案不在遠方，它一直在你內心某處等著你的回應。」

我坐在離開的船上,看著逐漸遠離的小島,直到它完全消失在視線中,就像電影裡的一顆長鏡頭。此刻,我的內心被一種無聲卻清晰的平靜填滿,我心裡清楚知道,無論未來會是什麼樣子,這座小島教會我的事,將永遠陪伴著我。

總覺得世界這麼這麼的大,也許,你再給自己一點時間往前多走幾步,那個懂得如何愛你的人,也正在尋找著你。

我相信一定會有個愛你的人。

You deserve the love you keep trying to give.

你,同樣值得被溫柔對待。

No one else but you.

你是萬中選一。

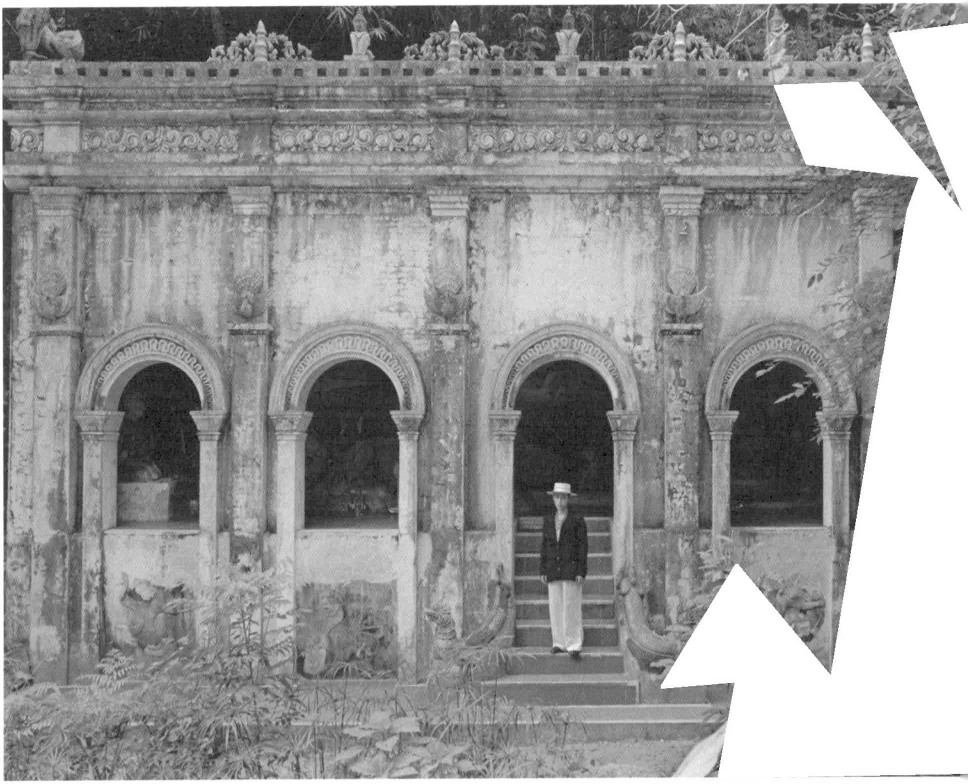

有時，愛自己的方式，就是遠離傷害你的一切。

後來，我只能在夢裡見到你。

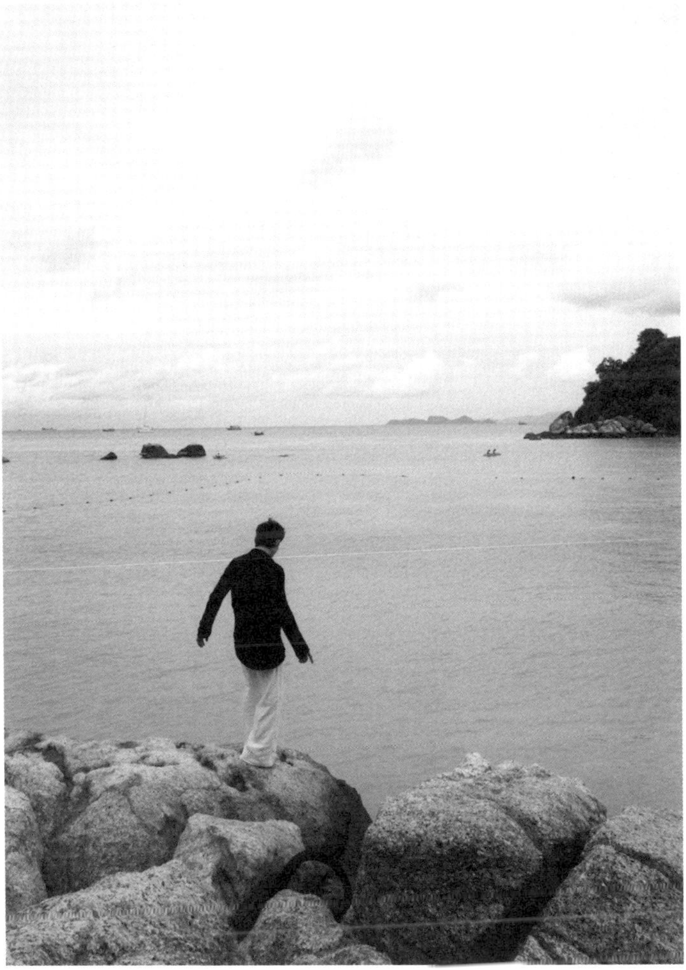

愛的 物理學

如果因為有了我的意識,宇宙才存在
也許愛著一個人,是意識使然
無論你是男是女、容貌身形
因為我愛你
所以你可以是世上最紅的花朵
最美的日落、最藍的海洋和最高的山峰

人類的眼睛無法計算視覺中的錯誤
所以我能感知的愛就只是你,也許愛,是因為彼此的意識而存在

科學家一生孜孜不倦地追尋著物理學的答案
而關於「愛」,是我終其一生追尋的,物理學

頻率相同是彼此合適的一份禮物,
但能一直走下去並不能僅靠著頻率相同這件事。

真正的合適,必須由彼此的付出和經營所建立,
懂得調頻的關係,才是長久的關鍵。

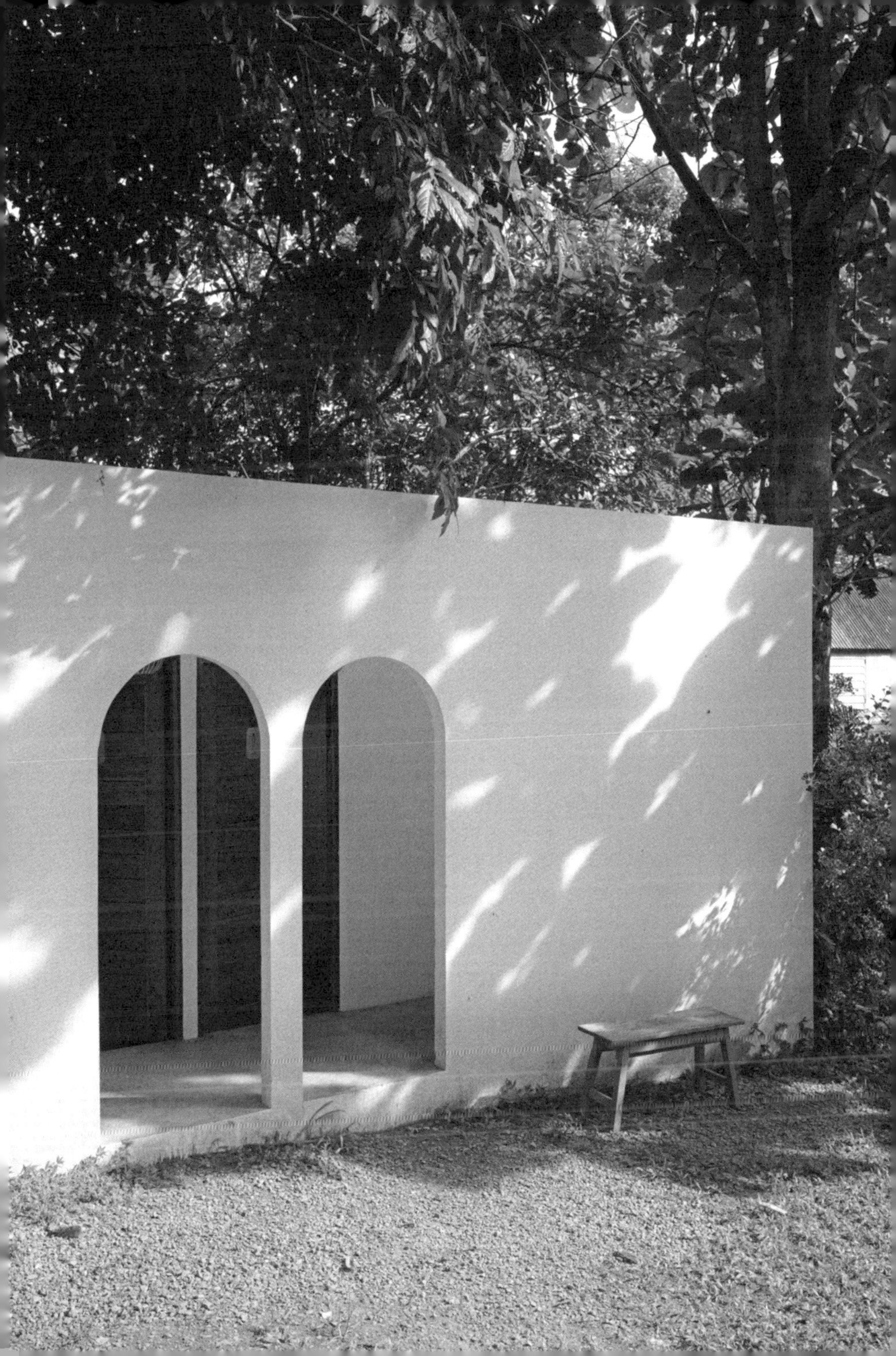

習慣得到卻也成了理所當然,兩個人的關係,禁不起貪婪。

人和人之間最親密的關係,是面對面掉眼淚。

後來的我們

如果當時我再勇敢一點，故事或許會不一樣，

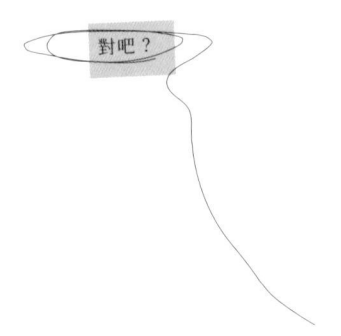

對吧？

The us we were meant to be.

「我要結婚了。」前陣子,我突然收到了小美的訊息。

這幾年,我們幾乎算是斷了聯繫,即使偶爾參加朋友聚會,也總是陰錯陽差地錯過。並不是刻意避開,至少我知道我不是。我沒有第一時間回覆小美的訊息,其實,我也想過很多次,如果有天我們再次見面時會談些什麼,但從沒想過會是這樣的話題。

過了幾天,我終於回覆了她,給了她一句簡單的祝福。沒想到,小美很快回了訊息,說想當面告訴我,還說我是第一個知道這件事的人。

我們約在一間從小常去的餐廳,那裡幾乎沒什麼變,桌椅和牆上的擺飾還是熟悉的樣子。我坐在靠窗的位置,看著窗外街景,突然想起當年我們放學後打鬧的畫面。那時的我們對未來的一切,似乎都無所畏懼,曾說好要一起長大的約定,停在了窗前的某個定格畫面,誰能想到,有一天,我們會走上完全不同的人生道路。

小美推門進來時,她的臉龐我依舊熟悉,但我能感覺到,她變得和從前不太一樣。不再像過去那樣,眼神裡總是帶著掩藏在深處的悲傷,她變

了,變得更平靜了。

我們點了幾道熟悉的菜,一如多年以前,但氣氛卻已經和記憶中完全不同。話題從身邊朋友的近況談到各自的工作,誰也沒先提起她即將結婚的事,隱藏在這場對話中的沉默,像是我們成為大人後獨留的默契。

「結婚後,我就準備搬去加拿大。」用餐結束時,小美終於打破了沉默,「所以,我真的很希望你能當我的結婚見證人。」
其實,在見面之前,我想過了無數個版本,她會怎麼說起結婚的事,但這是我沒想過的。這些年,我和小美之間早已疏遠成了兩個不同生活圈的人。一時間,不知道該如何回應,心裡甚至感到有些猶豫。

「這是妳非常重要的日子,我也希望能在妳身邊。」我終於開口,但語氣裡還是有些遲疑,「但他⋯⋯應該不會希望我出現吧?」

小美笑了笑,像是早已料到我會這麼說。她看著我,眼神前所未有的坦誠:「我告訴他,你是我生命中最重要的朋友,這是不會改變的事實。這些年來的問題,是我自己的掙扎。讓你夾在我們之間,經歷了那麼多

不必要的誤解,我真的很抱歉。」

她的聲音聽起來是如此堅定,只是這似乎已經改變不了什麼。那天餐桌上,小美像是完成了一場無聲的和解,遺憾的是,和解的對象,不是後來的我們,而是那段逝去的青春。

我看著她,腦海裡浮現年少時一起看夕陽的那個夏天。我曾天真地以為,我們的友情永遠不會改變。然而,如今我們坐在這裡,卻已不再是我們。

「方美然,現在的妳快樂嗎?」這句話突然從我口中冒出,連我自己都沒察覺到語氣的冷靜。「快樂也好,不快樂也好,其實……過去的事已經結束了,我們都做出了自己的選擇,只要那是妳想要的就好。妳的抱歉,我收到了。」我知道這是我唯一能給予的回應,也是最後的祝福。

小美低下了頭,像在回憶什麼。「如果當時我再勇敢一點,故事或許會不一樣,對吧?」

我們之間的沉默再次浮現,這片刻的安靜,像是一場正式的告別。我想

起了那個夏天的約定──如果有一天彼此都沒有嫁娶，兩個生命中最要好的朋友就互相陪伴到老。那時候的我們是真的相信，這份約定是永恆的，就像肋骨上的那個看不見的刺青。

「或許，這就是我們的故事吧。」小美最後這麼說，臉上的微笑帶著淡淡的苦澀。我並沒有再開口回應，因為我知道那些未曾說出口的答案，早已逝去。

這些年來，我常常問自己，青春歲月裡那些真摯的友情和愛情，究竟哪一種更珍貴？或許，我和小美錯過的不是彼此，而是當時那個更勇敢的自己。那時候的我們，如果再勇敢一點，故事真的會不一樣嗎？或許吧。只是不是每段故事都會有完美的結局，那些未竟的約定和錯過的時光，並不代表失敗，它會進入我們的體內，成為我們身體的一部分，直到它在我們的細胞與靈魂扎根，並且永久的存在。而你也學會適應，你會再次為愛感到快樂，也會再次為愛而哭泣，你知道那是成長的代價，遺憾和失去只是生命裡的擦傷，成年人的世界，是負重前行，是將情緒調成靜音模式，是找到方式繼續生活下去。

最終，我們都會是破碎的，也正因為這些破碎，才得以讓光亮照進來。

寫下這段故事的時候，我曾再次回到那座小島上，獨自坐在島上最西邊的那處沙灘上，看著夕陽。想起年少時的那個夏天，我們也曾坐在這裡，記憶裡的那個女孩轉過頭，輕輕地對著我說：「有一天老了，我們還要像這樣，找個地方一起看看夕陽。」

現在想來，也許我尋找的救贖，從來都不是某個具體的地方或人，而是對於過去的接受和釋然。在小美選擇告別的那天，她找到了屬於她的答案，而有些遺憾是生命的必然，故事已經走得太遠，以至沒有人發現，後來的我們是在哪個路口結束的。

這是最後一次寫下關於妳的回憶，謝謝妳曾經出現，妳是我生命裂縫裡的那束光，拾起破碎的我，也成就破碎的我。

我會祝妳幸福，因為我們曾經擁有過的友誼，值得。只是從今天起，妳的幸福，再也與我無關。

It's okay not to be okay.

這是我常對自己說的一句話,
有遺憾的故事也可以是個幸福的人生,
所以不好的時候也沒關係的,請允許它的發生。

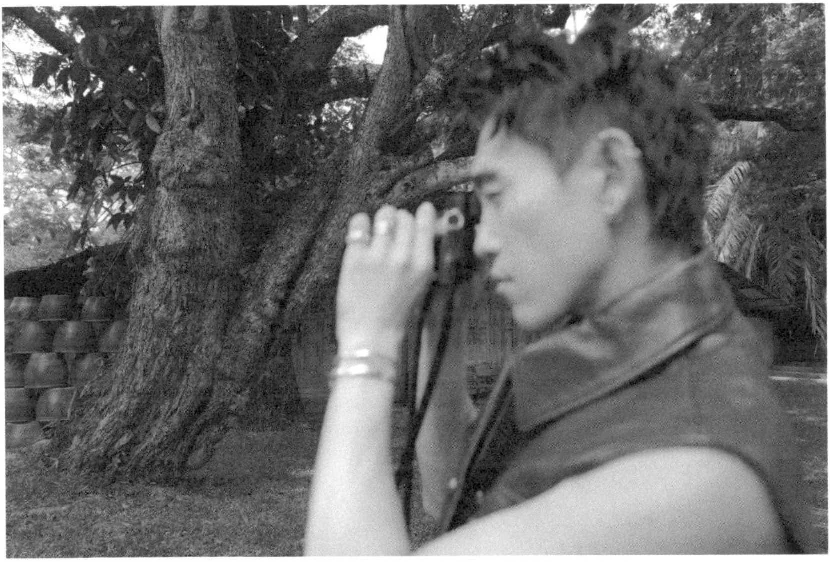

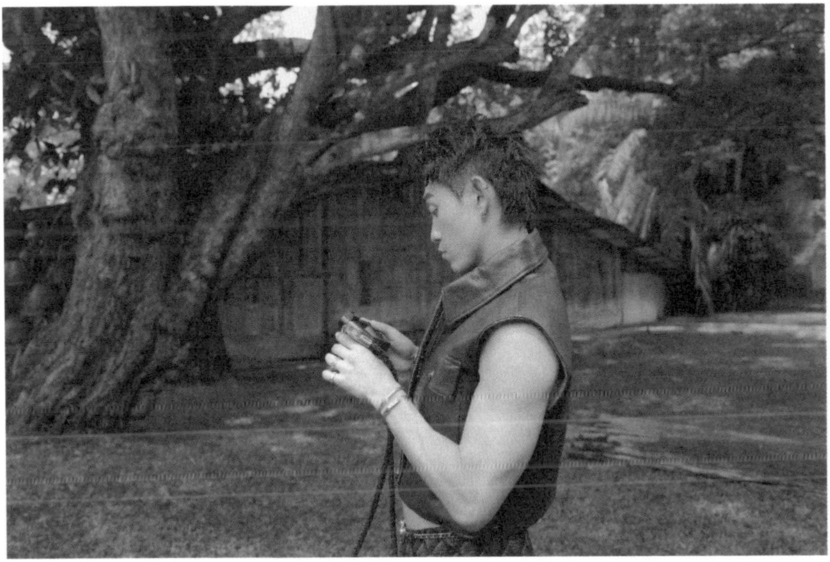

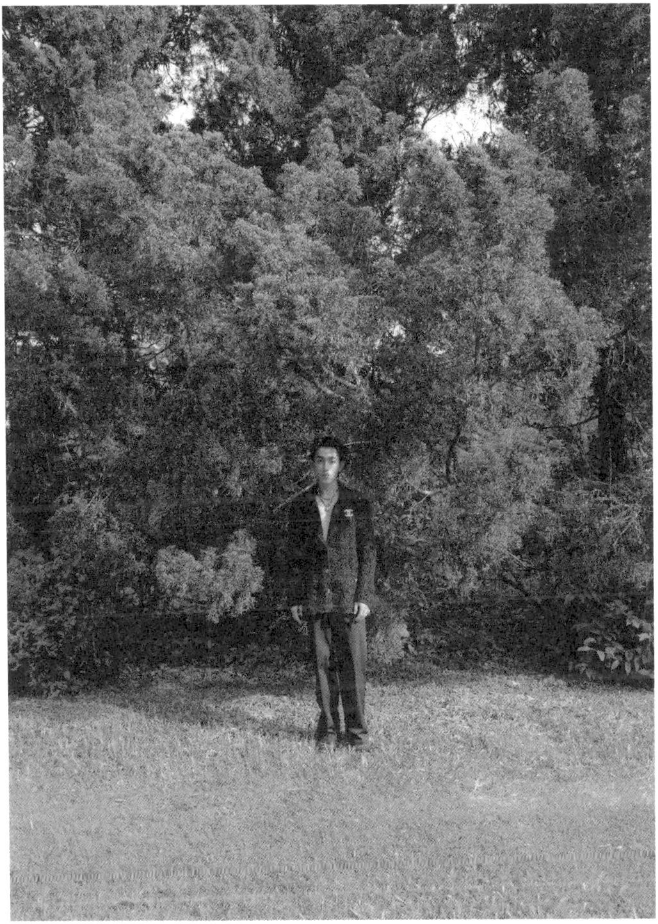

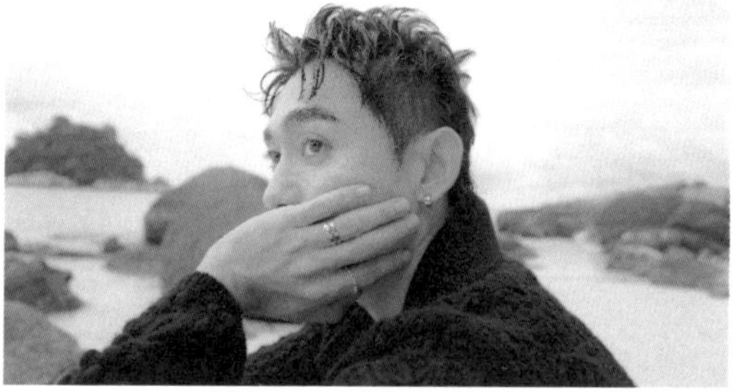

想哭就哭吧,你不需要那麼懂事。

想哭就哭吧,

你不需要那麼 懂事。

The Kindness That Knows

作者	Peter Su （Instagram：peter825）
封面攝影	莫尚程 （Instagram：mohftd）
封面／內頁設計	Peter Su
責任編輯	劉又瑜
色彩調整／內頁協力	歐泠
印務統籌	大製造股份有限公司
特別感謝	Leica Camera Taiwan
發行人	蘇世豪
總編輯	杜佳玲
專案管理	張歆婕
社群行銷	莫尚程
法律顧問	李柏洋
出版	是日創意文化有限公司
地址／聯絡地址	台北市大安區和平東路二段18-8號7樓
電話	02-27098126
總經銷	大和書報圖書股份有限公司

初版二刷　2025 年 5 月 10 日
定價　450 元
版權所有　翻印必究。　　　　本書若有缺頁、裝訂、污損等，請寄至本公司調換。